KB196342

겨울 냉이

겨울 냉이

고명수 시집

쏠트라인
SALTLINE

시단에 내보시며 남연 이형기 선생님께서 물으셨다.

"평생 쓰겠느냐?" 나는 "예" 하고 호기롭게 대답하였다.

그러나 순진하다 못해 우매한 시인이 세상을 살아가기란,

험난한 세파를 헤쳐나가기란 녹녹치 않았다.

파도에 휩쓸리느라 선생님께 드린 약속을 제대로 이행하지 못한 채

속절없이 흘려보낸 시간이 아득하다.

삶의 질곡, 절망의 파도 속에서도 언제나 나를 지켜준 것은 문학이었다.

이제야 겨우 그 약속을 다시 이어가게 되니 감회가 새롭다.

남은 생은 선생님과의 그 약속을 지키기 위해

오롯이 문학에 잠겨 문학과 함께 살아가고 싶다.

"시인은 적당히 게을러야 해." 라는 미당 서정주 선생님의 말씀을 변명 겸 핑계로 삼으며 다시 초심으로 돌아가 시작해 보려 한다.

차례

■ 시인의 말

1부 겨울 냉이

2부 전복서리

3부 포옹

4부 사랑이라는 주제

5부 홍도에서 거문도까지

■ 시론

1부
겨울 냉이

겨울 냉이

폭풍한설에도
혼신의 힘을 다해 냉이는 자란다
낙엽과 지푸라기 아래 숨어 봄을 기다리는 냉이,
행여 들킬세라 등 돌리고 있는 냉이를
더듬더듬 찾아내어 검불을 뜯어낸다

봄 내음이 나는 냉이국을 먹으며
낙엽과 지푸라기 속에서도 목숨을 지켜
마침내 싹을 틔워낸 냉이를 생각한다
가파른 삶의 벼랑 위를 조심조심 걸으며
혹한의 추위 속에서도 봄을 기다리는 냉이를 보라
서슬 푸른 정신으로 살아야 하리라
서슬 푸른 눈으로 찾아야 하리라

겨울 냉이가 자신을 이기듯이
몰래 숨어 자란 냉이가

온몸을 우려내어
시원한 된장 국물이 되듯이
우리도 누구엔가 시원한
국물이 되어보아야 하지 않겠는가?

소수서원 돌담길에도
하이델베르크 철학자의 길에도 숨어있을 냉이,
환한 한 마디의 말씀이
오랜 궁리와 연찬에서 솟아나듯이
청빙淸氷을 뚫고
겨울 냉이는 자란다

숨은 얼굴

목숨의 팔만대장경 어디엔가
숨겨진 얼굴이 있다
문자에 가려져 잘 보이지 않는 얼굴,
사람에게는 보이지 않는 얼굴이 있다
행복한 순간에만 살짝 나타나는 얼굴이 있다

삶의 그늘, 찌든 계곡 속에 숨어 있다가,
해맑은 웃음 사이로 잠깐 나타났다가는
가뭇없이 시간 속으로 사라지는 얼의 모습
사진관에 가서 여러 컷을 찍어 보아도
그 얼의 굴은 도무지 보이지 않는다

사진이란 사람을 온전히 보일 수가 없는 법,
찰나로 변해가는 어느 지점에 셔터를 누를 것인가
적중의 플래시를 터뜨릴 것인가
칠백만 화소는커녕

천만 화소를 잡아낸다는
최첨단 카메라로도 안 잡히는 얼굴,

사람의 참 얼굴은 어디에 숨어 있는 것인가
앨범 속 어느 갈피에선가
잠시 나타났다가 사라지는 얼굴,
흐린 눈으로는 도무지 잡히지 않는 얼굴,
초고속 디지털카메라로도 잡을 수가 없는,
사람에게는 술래처럼 꽁꽁 숨은 얼굴이 있다

오후 세 시

오전 내내 울렸던 요령소리가 멎고
망해사 방장스님의 죽비가 울리는 시간
전복을 따고 돌아온 해녀가
잠에서 깨어나는 시간
뜨거운 한낮 피어나는 배롱나무의 합창소리에
불현듯 회한이 솟구치는 시간
지장보살이 그의 어머니를 부르고
수미산이 용트림을 하는 시간
독이 허물 벗어 약이 되는 시간
이대로 죽을지라도 허물 벗어
영원한 삶에 이르고 싶은 시간

보내지 않는 편지

어제의 무덤 위로
또 다시 아침은 떠오르고
끈질기게 떠오르면서도 잇지 못한
이야기들이 홰를 치는 아침에
나는 옷깃을 여미고 앉는다
왜 부질없이 끊어진 이야기들을
다시 이으려고 용을 쓰는가?
매듭을 지어야 하는 성정 때문만이 아니다
누군가의 끈질긴 숙명과도 같이
이야기를 다시 이으려는 나의 번민이
하품을 하며 구룩거리는 아침에
나는 또 너에게 편지를 쓴다
보내지 않을 편지를

도루묵에 대하여

삼척에 가서 도루묵을 먹었네

말짱 도루묵이란 말이 가슴에 사무쳐 먹었네

어쩌면 세상일이 온통 말짱 도루묵이라는 생각이 들었네

"잘나고 못난 것이 자기와 상관없고

귀하고 천한 것이 때에 따라 달라진다." 는

택당 이식의 말씀이 위안이 되어 다가오는 저녁에

삼척의 대학로 정라횟집에서 도루묵구이를 먹으며

나는 함이 없이 사는 일의 의미를 생각하네

시대를 풍미했던 한 여배우의 자살 소식에

결국 산다는 것이 말짱 도루묵임을 다시 깨닫네

사랑과 우정이, 명예와 권력이 모두 한낱 도루묵임을,

정라횟집에서 먹는 도루묵의 알과 살이 담백하고 고소하
였네

그렇게 담백하게 살다 보면 때로 고소한 맛도 볼 수 있으
리라는

이 사실 하나가 바로 도루묵 맛이란 걸 알겠네

세상일이 온통 말짱 도루묵일지라도 흥분하지 말고
담담하게 또 경건하게 살아야 함을 깨닫네

만선식당에서

밴댕이회를 먹으며
밴댕이의 속에 대해 토론했다
밴댕이는 소갈머리가 좁고 얕은
소인배의 무리인가
아니면 심지가 굳고
안이 뜨거운 열사인가
은백색의 배를 뒤집으며
죽어가는 밴댕이들
밴댕이는 한심한 나라를 구하려고
맨땅에 몸을 내던지는
열사의 무리인가
청흑색 등을 구부리며
연신 굽실거리는
소인배의 무리인가
모든 사물은 종시
판단을 내리기가 어려우니

그냥 물 흐르듯 흘러가되

독을 품고 가시를 품고 화두를 품고

비틀거리며 살아갈 수밖에

만선식당에서 밴댕이회를 먹으며

빈 배로 떠날 때도 울었으면

만선으로 닿을 때도 울 줄 알자*며

하염없이 노래 부르던

한 마리 갈매기를 불러 본다

* 정공채 시인의 시에서

불로 칠하다

동그란 통나무 단면에
김연순 씨가 꽃을 그리고 있다
불로 지져서 그리고 있다
한여름 땀을 흘리며
김연순 씨가 그린 그림 위로
수 많은 엉덩이들이 앉았다 간다
오랜 세월이 지나면
반들반들해진 그곳엔
노오란 해바라기 꽃이 돋아나리라
환한 표정으로 살아 나오리라
그 여름 뜨겁던 그 시간들이
남긴 마음의 흔적이라 해야 할까?
김연순 씨는 무엇을 남기고 싶은 것일까?
유난히도 무더운 이 여름을
나는 무엇으로 꽃 피울 것인가를 생각한다
문득 바다나무라고도 불리는

발리섬의 그 맹그로브 나무를 떠올린다

바닷바람을 견디며 묵묵히 살아가는 그 나무들처럼

나도 세상의 열기와 바람을 견디어

그 불로 지져낸 그림 하나 남길 수 있을까?

무상한 시간의 단면에다

너의 삶은 나름대로 의미 있었노라고

한 줄 적어줄 수 있을까?

불로 칠한 김연순 씨의 노오란 해바라기를 보며

나는 나의 사랑과 예술을 점고한다

제명題名의 시

높고 멀리 보니 그림이 펼쳐지고
예와 지금을 밝게 통하였으니
바른 기운이 드높구나!
뛰어난 빛깔로 이어진 산이
비단수를 놓으니
손아귀의 뛰어난 기틀에
그 묘사가 휘황하구나!

중국의 한 시인이
나의 이름을 제하여 시를 지어주었다

그는 내가
미욱하기 그지없는 궁발의 서생임을
몰랐으리니,
바람처럼 흘러가는
떠돌이 시인은 낯이 부끄럽구나!

안전지대

어린 시절 아버지의 추격을 피해

도망간 언덕 위엔

고요한 평화와 안식이 있었지

그곳은 안전지대

푸른 풀 위로 부드러운 바람이 불어왔었지

그러나 이제 나이가 들어

내가 의지할 두 다리는

무심과 몰입

오직 이것뿐,

다시 부드러운 바람이 부는 날,

그대 생각하며 강변을 걷는

이 시간만이

내겐 안식과 평화의 시간임을 안다

천문선산天門仙山에 올라

하늘로 올라가는 계단은
참으로 만만치가 않구나,

머리 위, 하늘 문으로 오르는 길은 무서웠다,
숨어 턱턱 막히어 가슴이 터질 것 같았다
하늘 문 너머엔 대체 무엇이 있을까?

갑골문에 하늘을 가리키는 글자가
사람의 정수리를 그린 거라고 하더니,
벌써 정수리에서는 김이 모락모락 피어난다

하늘 문 너머엔 또 아득한 마을이 있을까?
우리가 잃어버린 그 마을, 눈 맑은 사람들이
웃으며 살아가는 고요한 마을이 있기는 있을까?

장가계張家界 위로 떠서 가는 케이블카를 타고

공중에 대롱대롱 매달려 오랜 시간을 달렸다
하지만 목마르게 그리던 하늘은 보이지 않았다
나는 하늘문을 오래오래 기다리고 있었다

백지의 사막을 지나며

백지 속에 지나치게 많은 소떼를 방목하였다
백지 속에 지나치게 많은 유칼리나무를 경작하였다
소 떼도 사라지고 유칼리나무 숲도 사라지고
정든 사람들도 어디론가 떠나 버린 텅 빈 사막,
종려나무만 이따금 무어라 중얼거린다

백지 속으로 아무리 파 들어가도
샘물이 나오지 않는구나!
올리브기름의 폐액들로 땅은 굳어
식물들조차 자라지 못하는구나!

20년간 이어지는 사해지역의 가뭄이여
이 낯선 가뭄은 어디에서 왔나?
모든 것을 삼켜버리려는 듯이
모래폭풍은 불어오는데,
사람아, 너는 어디에서 살래?

그래도 어디엔가 오아시스는 있으리니

한 그루 벤자민이라도 심어야겠다

한 그루 유칼리나무라도 다시 심어야겠다

* UN→2006년 "국제 사막과 사막화의 해"로 지정.

북극해

물개잡이 배를 타고

나는 가리라, 북극해로

내 생을 위협하는 빚쟁이들을 피해

아무런 준비도 없이 떠나보리라

생이란 본시 무작정 떠나는 게 아니던가?

가다 보면 때로 비취빛 섬이 나타나리니

그곳엔 앞서 간 무모한 자들의 넋이 서려 있으리니

그들에게 한 번쯤은 경의를 표해도 좋으리라

지도 상엔 없는 길을 따라

나 오늘 너에게로 간다

이누이트를 만나면 그들의 따스한 이글루 안에서

나는 배우리라, 혹한의 추위 속에서도 살아가는 법을,

얼음의 미로 아래서도 생명은 자라고 있음을,

에스키모의 아내들이여, 나를 정들게 하지 마라

내일이면 나는 또 떠나야 하니

백조의 털로 물개를 속여 물개사냥이나 하러 가자

헐렁한 털옷을 입고 황량한 설경 속을 달려가자
북극의 에덴동산아, 너의 모습을 보여다오
죄를 짓기 전, 천진불의 모습을
죽음과 싸워 이겨야 살 수 있는 곳
나 오늘 북극해로 가리라,
얼음과 눈을 마음속 가득 품고서
북극의 얼음 속으로 사라진 한 사내가 간 길,
절망의 북서항로를 따라서 달려가리라,
가서 얼음 밑, 참 생명을 만나리라

고비사막 황사

아득한 과거와 미래들이
자욱한 황사로 다가오는 날들이 있다
이런 날은 얼른 집으로 돌아와
문을 꽁꽁 걸어 잠그고 조용히 울자
버지니아 울프의 소설이라도 읽어 보자

이 화창한 봄날,
고비사막 어디서 누군가 나를 그리워하나 보다
온 누리를 다 삼켜버린 안타까움이여
차라리 자욱한 시간 저 너머에서 들려오는
맑은 인도음악이라도 들어 볼까?

갠지즈강 모래와도 같은
마군들, 뿌옇게 온 누리를 잠식해버리는
마군들이여, 더 이상 나를 질책하지 말아다오
내 이미 이승의 지청구가 쌓여

눈물도 다 말라버렸으니

자욱하여 앞이 안 보이는 이런 날은
문을 안으로 꽁꽁 걸어 잠그고
버지니아 울프와 함께 실컷 울어나 보자
사노라면 문득
아무것도 보이지 않는 날이 있는 법이니

인어공주 노래방에서

아내와 싸우고 울적하여 거리를 배회하는 저녁
비는 내리고 나는 서글퍼져서 인어공주 노래방에 간다
좁은 방 단청 빛으로 돌아가는 사이키 조명 아래 홀로 앉아
언제나 명랑한 노래를 부르던 인어공주를 생각한다

바다 밑 헤엄치며 시름 모르고 살던 인어공주,
그녀는 사랑을 얻기 위해 아름다운 목소리를 잃었다
종달새처럼 명랑하게 지저귀던 그녀의 목소리는 이제
피울음을 토해내고 컹컹 짖는 짐승의 목소리로 변해버렸다

사랑이 뭐길래, 사랑이 뭐길래
그녀는 그것과 목소리를 맞바꿔버린 것이었다
그녀의 피울음으로 우둔한 왕자는 조금씩 철이 들어갈까?
혁명에는 피의 냄새가 난다고 어느 시인이 노래했지만,
아, 사랑에도 소금기 가득한 피 냄새는 난다

인어공주 노래방에서 노래를 부르다가
추적추적 비 내리는 어느 봄밤에 홀로 노래 부르다가
이제는 잃어버린 그녀의 아름다운 노래 소리를
다시 들을 수 없음을 서글퍼한다

칡 고개 너머 고향

칡 고개 넘어가면
홀로 쓸쓸히 이른 아침에 일어나
사과차를 마시는 여인이 있다
자클린 뒤프레*처럼
슬픈 운명을 안고 태어나
불치병을 안고 살아가는 여자
삭정이 부러지는 소리가
온 산을 쩌렁쩌렁 울리는 겨울에도
추위에 떨며 나무를 하고
굶지 않으려고 나무를 두 짐씩 한 저녁에도
뫼르소가 마지막으로 생각하던 마리처럼
생각나던 여인이 있다
귀마개를 하고 찹쌀떡을 팔던 저자,
손을 호호 불며 찹쌀떡 사라고 외치던
내 소년을 난로처럼 감싸주던 여인,
첼로가 저음으로 흐르는 창가에

한잔의 위스키로 시름을 잊으며

언제나 날 기다려주던 여인이 있다

그래서 칡 고개 너머

고향으로 가는 길엔 언제나

참나무가 자라고

과수원 곁을 지날 때엔

그녀의 마음과도 같은 사과향이,

그녀와의 추억처럼 그윽한 위스키향이

슬며시 내 코끝을 스친다

* 세계적인 첼리스트

여로, 너에게 가는 길

타클라마칸 사막 지나
파미르고원을 너머
나 오늘 너에게로 간다

여기엔 길도 없다
다만 먼저 간 이들의 유골을 등대 삼아
긴긴 사막을 더듬어 지나가니
또 고원이 앞에 선다

혼자서라도 나는
저 험준한 타르고트 고개를 넘어야 한다
목이 마르고 숨이 가빠 온다
하지만 나는 가야 한다

고개 너머엔 길기트강이 흐르고
푸른 숲이 아늑한 동네가 있고

마음이 가난한 사람들과

오직 사랑하는 네가 있기 때문이다

자귀나무 시
— 시백에게

오후 내내

농부의 낫질에 가지 잘려

게걸스런 소밥이 되면서도

저녁이면 합환하는

자귀나무처럼

나 이제 잦아들고 싶다네

지난 낮 동안 연분홍 꽃을 잘 피워왔으니

생채긴들 좀 많았겠는가

어느새 저물녘,

어서 합환피 우려내야지

부질없는 그리움으로 무너져 내려

돌부리에 입은 타박상이나

혹은 멍든 늑막염 다스리며

어긋난 뼈 다시

붙여봐야지

친구여,

이젠 세상 모든 노여움들

하나씩 잊어보기로 하세나

신혼의 단꿈 잊지 않고 언제나

흩어진 잎을 모으는

자귀나무처럼

우리 다시 한번 힘내어

눈부신 연분홍꽃을 피워보세나

고개 너머 주막

넋 고개 넘어가며
노을빛 시간 만나고

언덕 아래로 허둥대며 가는
지족암의 중 하나 보다

삼베옷 수선하는 곳 없어
서울까지 갔다는,
그래서 점심을 못 했다는 중에게

주모는 파전과
맥주를 내놓는다

사바는 살기가 어려워
한 때 출가를 꿈꾸었으나,

세속의 먼지를 잔뜩 뒤집어쓴 채
먹빛 장삼옷만 입으면 뭘 하나?

시름 많은 이곳에서
먼지 속을 뒹굴다가

해질 녘 주막을 만나면
막걸리나 한잔하고

그저 욕이나 몇 마디 중얼대다가
저 노을빛처럼 조용히 스러지는 수밖에

차마고도

여름인데도 가슴 안에 얼음꽃이 피는 것은

죽음 속에서도 지켜야 할 꿈 때문이다

옥룡설산의 만년 빙하처럼

차갑게 더 차갑게 나를 얼려서라도

나는 기어코 신이 내린 푸른 잎사귀를 만나야 한다

절망의 고통과 암흑 속에서도

빙하가 녹아 흐르는 비취빛 물,

그 백수하 같은 희망 때문에

오늘도 나는 벼랑 끝 가파른 길을 간다

분노의 높이, 절망의 높이,

슬픔의 높이, 회한의 높이

그 위로 나 있는 해발 5천 미터 절벽 길을 걸어

나 이제 너에게로 간다

헛헛한 마방馬幇이 되어 간다

튼실한 말 몇 마리 데리고 간다

매리설산을 넘고 급류를 건너

소금호수 짜부예차카를 지날 때엔

소금주머니에 소금도 좀 담아가리라

오랜 세월 얼어붙은 마음을

가슴속 타오르는 잉걸불로 녹이며

몇 마리 말과 몇 되의 소금을 푸른 잎사귀들과 맞바꾸리

라는

야무진 꿈을 안고 가는 차마고도,

말은 내 굴곡 많은 시간들을 증언해 줄 터이고

소금은 내 흘린 땀의 성채를 맛으로 내보일 테니

너는 흔쾌히 오래 숙성한 보이차를 내어주겠지,

이런저런 계산도 해 보며 간다

룽다가 바람에 흩날리누나

바람이 경전을 읽고 가는 소리가 들린다

무릎보호대를 하고 나무장갑을 끼고

오체투지하는 사람들이 지나간다

나도 저들처럼 오체투지 하는 마음으로 살아야지

그리하여 마침내 대바구니에 보이차를 가득 담아 와야지

이젠 샹그릴라도 머지않은 듯하다

그곳엔 나의 친구 블랙야크도 살고 있으리라

목숨의 길, 희망의 길을 찾아서

나 오늘도 가파른 벼랑 위의 길을 간다

푸르고 푸른 비취빛 희망을 찾아서 간다

* 룽다: 불교의 경전이나 소망을 적어 걸어놓은 오색천.

2부

전복서리

전복서리

이 고요한 곳에
참으로 많은 것을 숨겨 두셨구나

너를 서리해오기 위해서는
이 가혹한 수압을 이겨내야 한다
터질 것 같은 숨을 참아내야 한다

너는 바위 등짝에 아기처럼 달라붙어
떨어지려 하지 않는구나!
아뿔싸, 인생의 전복도 그와 같아서
쉽게 딸 수 없는 것을

말미잘이며 홍합이며 해삼을 캐느라
시간 가는 줄 몰랐네,
사랑하는 것들을 남겨 두고
나는 참으로 멀리도 왔구나

다시 돌아가지 못한들 어떠리

어차피 우린 한번은 헤어져야 하는 걸

나는 오늘도 이 적막한 바다 속을 헤맨다

빛나는 전복 하나 따 보려고

소래포구에서

소래포구에 갔다

갈치속젓을 사러 갔다

곱게 삭혀진 짙은 갈색의 액젓

갈치속젓 통에 손을 넣어 맛을 본다

찝찔하고 그윽한

삶의 맛, 사랑의 맛을 지닌

갈치속젓을 사러 간 소래포구엔 쓸쓸히

눈발이 휘날리고 있었다

한 해가 저물어가는 초겨울

소래포구엔 인적이 드물고

나의 삶도, 사랑도

겨울이 왔음을 느낀다

긴 겨울잠을 자야지

토굴 속에서 푹 삭아

맛깔스런 맛을 내는 젓갈처럼

나의 사랑도 문학도 그렇게 익어 가야지,

그렇게 맛 나는 말들로 곰삭아

세상에 나와야 하리라

월곶 광천젓갈상회에서

나는 나의 가슴 속 아픈

사랑의 사연들도 토굴 속에서 삭아

깊고 그윽한 맛을 내는 갈치속젓 같은

노래로 풀려나올 날을,

꿈꾸어 본다

황금연못

아이는 오늘도 변기에 동전을 던진다
엄마가 다시 돌아오기를 소망하며
아이가 던진 동전 삼백 개

동전 수는 자꾸만 늘어 가는데
마음속 그늘은 자꾸만 짙어가는데
엄마는 어디에 가서 살고 있을까?

마르셀 뒤샹의 '샘'도 모르는 아이가
엄마와 함께 가 본 절의 연못은 기억하는구나!
엄마는 그때 아이가 행복의 샘물이라 하였지,
그 말은 다 거짓말이었단 말인가?

아버지를 미워도 하며, 원망도 하며
아이는 오늘도 동전을 던진다
엄마와의 추억을 그리워하며
황금연못에 동전을 던진다

템플스테이

범종루에서

종소리가 퍼져나갈 때

저녁 불빛은 유난히 영롱하였다

반 배를 하고

줄을 놓으니

쿵 하고 퍼져나간다

사바의 시름을 떨구어낸다

절에 오는 것은

떨구어내고 싶은 것이 있어서다

첫 마음을

기억하고 싶어서다

적광전 옆 샘가에서 맞는

서늘한 기쁨이여,

종소리는 시간을 뚫고

아득한 무늬처럼 뻗어간다

마릴린 먼로와 나

마릴린 먼로를 보러 갔다
볼륨도 없었다, 핏기도 없었다
죽기 전 마지막 6주의 모습은
사랑에 지친 페드라였다
사람들은 '천박하고 골빈 금발여자'라 놀렸지만
그대의 모습은 고귀하고 우아하다
"나 어때요?"라고 물으며
마지막까지 세계의 차가움과 싸웠던 먼로여,
세상의 거칠음과 편견을 떨치기 위해
최후의 순간까지 위장을 했던 그대의 눈물겨운 노력이,
오늘은 왠지 슬프구나!
'가정주부가 되기에는 환상이 너무 많다'던 그대,
그대 자신이 환상이라던 그대가 오늘은
실재實在로 다가오는구나!
다가와 내 가슴을 시리게 하누나
보석과 스카프로만 가린 그대의 나신들,
관음과 격랑의 세상에 시달리느라

청순하던 소녀는 사라지고 없다

'뜨거운 것이 좋아'라며 사랑을 찾아 헤매더니

약간은 퇴폐적으로 변한 그대의 표정이

오늘은 눈물겹도록 정겨워 보이는구나!

잃어버린 아버지를 찾아 아버지 같은 남자를 찾던 그대,

'내가 할 수 있는 일이라곤 가상의 현실에서 꿈꾸는 것'
뿐이라던

그대는 곧 나였기에,

나 또한 기나긴 항해에 지쳐 돌아온 페르귄트처럼

남은 것이라곤 환영뿐이니,

한 가정의 가장이 되기에는

내게 너무도 환상이 많은 걸 알아,

그러니 그대의 마지막 사진을 지켜보는 나 또한

그 슬픔과 쓸쓸함에 눈물지을 수밖에,

어쩌다 내 이리도 소중한 것을 다 잃고

슬픈 몰골로 이 골방에 서성거리고 있는 것이냐?

오르골당

태엽 속 깊이 감아 넣은
나의 사랑, 나의 추억
태胎의 잎이 하나씩 떨어질 때마다
북해도의 눈처럼 빛나네

바람 속에서 들려오는 소 발자국소리,
시간의 고개 넘어 다가오는데,
잃어버린 조국을 그리워하며
오늘도 티벳 청년은 노래 부르네

오십 년이나 망명 가 있는 조국을 그리며
하염없이 국왕을 그리워하네
만리타국을 떠돌며 애타게 부르네
늙어가는 국왕을 걱정하는 노래를,

늙지 않는 나의 사랑, 나의 기쁨, 나의 행복,

나의 눈물과 설움조차도 감아 넣은
오르골은 오늘도 오르골당에서 울리는데,
운하 저 너머에서 갈매기는 끼룩끼룩 우는데

돌아가 누울 나의 거처는 어디인가?
마지막으로 베고 누울 따뜻한 무릎은……
청년의 푸른 노래는 오늘도
옥룡설산 너머에서 들려오는데,
시들지 않는 워낭의 긴 여운으로 다가오는데,
나는 아직도 귀향의 소식을 전하지 못하네.

한낮의 비엔나

한낮의 비엔나에는
자줏빛 이내가 흐른다
장미를 한 송이 사 들고
음악회에 간다

보랏빛 크리스탈 목걸이처럼
애잔한 설움 목에 두르고
성슈테판 성당 광장 너머로 간다
딸아이 연주회장으로 간다

오래 헤어져 있었던
딸아이가 연주하는 '한낮의 비엔나'엔
자줏빛 사랑이 있다

장밋빛 학원의 문이 닫히면
회한의 강물은 흘러흘러

아름다운 샘물 궁전으로 모이겠지

한낮의 비엔나엔
자전거 탄 경비병이 지나가고
반지 거리에는 끝없이 도는
우수가 흐른다

그리운 소금장수

물이 너무 맑아
외로움 뼈에 사무치면
동녘바닷가 사람들은
소금장수를 기다린다

푸른 파도 높이 일면
서녘바다가 더욱 보고 싶어
동녘바닷가 사람들은 목이 길어진다
소금기 머금은 개펄이 그리워진다

추풍령을 넘어 한계령을 넘어
소금장수가 갯내음 몰고 오면
동녘바닷가 사람들은 마음의 빗장을 연다
가슴 저린 사랑의 이야기를 듣는다

꽃소금이 아니어도

백염이 아니어도
서녘바닷가 갯내음 묻어있는
천일염 한 되면 된다

푸른 파도가 세차게 몰려와도
동녘바닷가 사람들은 꿈꾼다
천일염 같이 짠한 사랑을
개펄 같이 진한 축복의 말을

호젓한 드라이빙

쓸쓸히 운전을 할 때면
자작나무 껍질을 질겅거린다
입안에 단침이 고이고
조금은 건들거리는 기분이 된다
유행가 가락까지 흥얼거리며
불현듯 속도를 내보기도 한다
유비가 탔다던 적로마처럼
미지의 도시를 달리면
풍천노숙의 지난날들이 떠오른다
집으로 돌아가지 못하고
객지에서 보낸 날들이여,
허망한 대업을 꿈꾸던 나날들이여,
온갖 치욕과 쓰라림조차
이젠 그저 감미롭구나!
삶이란 다만 핸들을 잡고
어디론가 흘러가는 것,

이 아득한 유랑을 차마

멈출 수는 없을 듯하구나!

원적산

출옥하지 못한 사내가
산에 오른다
두부를 반 모만 먹고
복근운동을 백번이나 했단다
땀이 비 오듯 하고
귀에선 모기 소리가 나더라고 한다
가도 가도 정상은 보이지 않더라고 한다

아무런 준비도 없이
무작정 나선 길
술 취한 농부가
밀고 오는 쟁깃날처럼 무더운
여름날의 산행은 괴로웠다고 한다

멀리 산수유마을이 보이고,
영靈의 근원이라는

영원사의 약사여래부처님께서

한 말씀 하셨다고 한다

물이라도 한 병 차고 오지 그랬느냐고

복종을 강요하는

몸의 노예도덕을 떠나라

속도를 부추기는

불집을 빠져나와라

이젠 생의 희열을 구가할 때가 아니냐?

약사여래불이 하문하실 때,

그는 로고스에 놀아났던

지난날들을 후회하기도 했단다

몸 안에 마음이 사니

이젠 몸을 좀 가볍게 해야 할 때,

아폴론의 가르침에 순명順命해 온,

그의 삶은 너무 무거워졌다
발도 다리도 건초도 함께 하중을 받았다
몸이 세상을 창조하나니,
마음 든 몸이 새 세상을 열 수 있으리니
그리하여 둥글고 고요한 산에 닿으리니

공적空積

　어머니의 젖은 어머니의 처녀 시절의 핏줄이었다고 한다 어머니는 상징적 죽음을 통해 새끼를 키워낸다 또 한 번의 공空이 쌓인다 삶의 뿌리를 흔들며 온세상이 뒤바뀐다 이리하여 뭇종種은 목숨의 비단줄을 이어가나 보다 삶이란 어쩌면 이리도 목숨을 비워내야만 하는 것인가 비어냄이 쌓여 이루어진 저 주름살에 새겨진 비의를 본다

갱년기여자의 얼굴엔 단풍이 피어난다

시들기 전에
마지막 피어나는 꽃잎처럼
빨갛게 물든 단풍잎 몇 개를 주워
집으로 온다
어항을 벗어나지 못하는
금붕어인 양
나는 왜 이리 부끄러운가?
원통한 마음들을 품은 단풍잎들을
어항 밑 유리 아래 둔다
저승사자의 실루엣이 얼비치는
저 무섭고도 오묘한 표정은 무엇인가
더 시들기 전에
장렬하게 산화하는 불꽃도
정열의 여인 카르멘도 아닌데
나는 무엇이 그리도 아쉬워서
거실을 서성이는가?

오늘 밤 나는 쓸 수 있으리라
세상에서 가장 슬픈 편지를
푸른 별들 사이로 퍼져가는
광막한 밤의 노래를,
더 시들기 전에 쓰리라
강 건너 가로수들의 낙화를 바라보는
갱년기 여자의 표정 같은 시를

겨울산

겨울산은 조물주의 등뼈처럼 우람하다

알몸으로 높새바람을 받아내며

장엄하게 엎드린 겨울산

봄의 환희와

여름의 무성함, 그리고

가을의 화려한 사치를 떨어버리고

홀가분한 모습으로 명상에 든

지인至人의 모습인가

쳐다보기만 해도 경외감이 드는

오도한 선승의 눈빛인가?

겨울산은 바라만 보아도

가슴을 뛰게 한다

거대한 죽음을 품고 있는

저곳엔 조난 당한 설움을 안고 있는

외로운 무덤들이 있으리

묘석 옆으론 장송곡인 양

높새바람이 불어오리

매서운 채찍으로 정수리를 후려치는

시원한 바람을 맞으며

나 오늘 그대에게 오르고 싶다

한 번도 상처받지 않은 모습으로

산티아고 순례길

네가 있는 그곳에
산티아고를 만들러 간다
산티아고! 이름만 불러보아도 가슴이 설렌다
예수의 제자였던 성 야고보가
복음을 전파하기 위해 걸었다는 이 길을
나는 무엇을 바라 눈물로 걷는가?
전파할 복음도 노래도 없이
다만 네가 있는 그곳에 이르고 싶어
모든 것을 버리고 떠나온 길
신발은 자꾸만 닳아가는구나
아직 너의 그림자도 보이지 않는데
나의 몸은 점점 더 무거워져 온다
유혹하는 것들이 너무도 많구나!
이라체 와인 양조장을 지날 땐
와인이라도 한 모금 해야겠다
언젠가 산티아고 대성당의 탑들이 보이면

지나간 날들이 더욱 찬란해지겠지?
눈물겹도록 대견하겠지?
네가 있는 그곳에 가서
또 다른 산티아고를 만들고 싶어
나는 오늘도 너에게로 달려간다
더는 눈물 없는 그곳으로

페이지 터너

헤르메스가 칼립소에게

오디세우스의 운명을 귀띔하듯이

그대여, 길을 알려 주게나

지금 암초에 걸려 나아가지 못하고 있네

나의 악보엔 음표가 너무 많아,

빠르기와 기교는 번잡을 부추기네

숨은 연주자여, 그대의 미는 힘이 필요하네

마음속의 공백을 견디지 못하여

길고 어두운 늪에 떨어져 있네

이 커다란 공백을 견디게 해 줄 이는 오직 그대뿐,

운명의 페이지 터너, 그대의 수혈이 필요하네

먼지를 일으키며 달려오는 코끼리를 향해

나는 이제 맞짱을 떠야만 하네

혁명을 위해서라면 백 번을 자빠져도

일어나 싸워야 하는 법이지

풍요의 벼 이삭이 흐드러진 들판 사이로

지체없이 달려가야 하네

그러니 은폐되어있는 다음 페이지를 조금만 보여주게나

마량과 한수를 이간시킨 조조처럼

인간의 욕망은 참으로 잔인한 것이네

소액의 저주를 박차고 나오지 못하여

도박사의 오류도 신뢰의 역설도 벗어나지 못했네

이 암울한 카지노에서 어서 벗어나고 싶네

스마트 폰과 길 도우미 사이에 거울반응이 있듯이

그대와 나 사이에는 거울신경이 있지 않은가?

그러니 그대여, 다음 페이지로 나를 넘겨주게

나의 '나됨'을 찾을 수 있도록 인도해주게!

앙스트블뤼테, 혹은 불안의 꽃

연애는 질質적으로 해야 한다고

어느 교수가 말할 때

나는 나의 모든 연애가

무늬에 불과했음을 알았다

고급 백수 로캉탱이 어느 날 공원에서

마로니에를 바라볼 때

마로니에가 왈칵 질료로 다가올 때

말할 수 없는 구토를 느꼈듯이,

사물과 사물 사이, 혹은 사건과 사건 사이에는

질적 통교通交가 필요했다

그냥 가서 왈칵 안아야 하는 것을

나는 너무나 불안하여 꽃을 피우지 못했다

앙스트블뤼테, 그것을 거친 전나무만이

명품 바이올린이 될 수 있는 것을,

총알이 빗발치는 전장을 통과한 자만이

진정으로 사랑할 수 있다는 것을 알면서도

나는 언제나 안전지대 주변을 서성였다

전나무가 가장 위험할 때 화려한 꽃을 피워내듯이

극한의 고난을 이겨낸 자만이 깊어질 수 있다는 것을,

알면서도 나는 왜 도망만 다니는가?

조류학자가 새와 깊은 사이이듯이

경제학자가 세상과 돈에 깊은 관계이듯이

사랑하는 것들과는 무조건 깊은 사이가 되어야 한다

연애가 질적으로 이루어지려면

불안과 고통을 뛰어넘어 왈칵 껴안아야 한다

세상을 향해, 사물을 향해 다가가 통해야 한다

가서 깊은 사이가 되어야 한다

르느와르의 집념

어둠이 있어

빛이 되는 이치를

르느와르여, 그대는 진즉 알았구려,

마디마디가 욱신거리는

관절염 고통 속에서도

그림을 놓지 않았으니,

자네의 친구 마티스가 놀랄 만도 하지

'아픔과 외로움은 지나가지만,

아름다움은 남는다' 했던가?

손가락에 연필을 매달고서조차도

자넨 포기할 수 없었던가 보이,

빛으로 빛나는 생명의 순간들,

새기고 싶은 사랑의 순간들을,

나도 이제 어둠의 뜻을 알 듯도 허이,

그러나 아직은 방심할 순 없다네,

홍옥처럼 빛났던 시절들을 잃어버린 죄,

수미산 같은 그 죄를 씻지 못하였으니,

떠돌이의 이 아픔과 외로움도

그대의 그림처럼

부활할 수 있다면

더는 바랄 것이 없을 듯허이,

오늘은 허리띠를 풀고

그대와 함께 취하고 싶으이!

라마단

헛된 욕망의 이끼,
분노의 이끼, 어리석음의 이끼,
죄의 이끼로 깊어진
기침, 가래여,
아직 다 뱉어내지 못하여
목 안이 컬컬하구나!
이끼가 낀 것은
방종의 결과일 터,
방종은 방심을 낳고
방심은 방만을 낳아
몸에 이끼가 생기게 하는 법,
물 땀, 기름땀으로 절었던
몸에서 향내가 날 날은 언제이련가?
이끼의 날들이 가고
맑은 가을볕에 단감이 익어 가는
그런 날이 올 수 있을까?

길고도 지루한

나의 라마단이여!

푸르른 눈금

나의 외로움은 푸른 빛이다

지중해의 푸른 심해처럼 고요하다

절망의 밑바닥에는 보호색을 지닌 투명새우가 산다

나는 오늘도 새우처럼 허리를 구부린 채

새벽에 일어나 푸르름의 눈금을 헤아려본다

언덕 위 올리브열매보다 더 붉은 내 사랑의 아픔은

싱크홀의 세월

초록의 앵무새가 떼지어 날고 있다

짹짹거리며 청아한 기운을 몰고

거대한 싱크홀 위를 날아가고 있다

싱크홀의 세월은 얼마나 가혹했던가

지하 동굴에 은둔하여 숨죽이던 가슴은

시퍼렇게 멍들어 문드러지고

가까스로 숨만 쉬며 기다려온 지옥의 나날들

이 깊은 절망의 굴형에도 많은 것들이 숨겨져 있었다

어둠 속에서 더욱 인광을 발하는 반딧불이들처럼

기쁨은 눈물 뒤에, 희망은 절망 뒤에, 삶은 죽음 뒤에 있음을

보석처럼 빛나던 순간들이 함께 있음을 알았다

3부
포옹

포옹

손님맞이하듯이
너를 맞는다
슬픔이여,
넌 언제나 어린애같이
칭얼대며 달려오는구나!
두려움을 내려놓고
이젠 너를 안으마, 울음을 그치렴,

환히 빛나며 사라지는 저녁놀 바라보듯이
맑은 찻잔 위에 떠 있는
잘 마른 국화를 바라보듯이
내 너를 바라본다

하우스푸어의 허무한 가계부나
빛이 보이지 않는 여의도에
난마처럼 얽힌 인연들을

우두커니 응시하노니
내 이제 조용히
너를 감싸 안으마,

그러니 더는
책망하지 마려무나
삶이여!

뾰족한 것들이 문제다

런던 히드로 공항에서
손톱 다듬기를 압수당했다
뾰족하다는 것이 이유다
뾰족한 것은 무조건 안 된단다
(항상 뾰족한 것들이 문제다)
뾰족한 것들은 언제나
마음을 아프게 한다
뾰족한 코를 한 놈들의
잔인한 살육을 기억한다
문명의 탈을 쓴 야만이
얼마나 많은 인디오를 죽였던가!
로키산맥을 우러르며
평화로이 살던 그들,
그들은 이제 빅토리아 시의
박물관의 모형집 안에서 탄식하며
웅얼웅얼 영혼으로 살아있다

공항 검색대를 통과할 때마다

노트북이 폭탄이라도 되는 양 꺼내 보란다

카메라가 수류탄이라도 되는 양 눌러보란다

이봉창 열사의 도시락 폭탄도

주먹밥 수류탄도 아닌데 말이다

이런 젠장, 몸을 한번 부르르 떤다

평화를 깨뜨리는

뾰족한 이데올로기들

거만한 제국주의자들의 호들갑 서슬에

코털 깎던 작은 가위도 함께

커다란 자루에 던져졌다

자루 안이 그득하다

뾰족한 놈들 때문에

평화로운 나의 일상마저 일그러진다

뾰족한 자들의 횡포가

나에게까지 이르다니

내 이것들을 구부려보리라

금강망치로 두드려

모난 것들을 구부리면

원융무애한 세계가 올까마는,

나는 나의 모든 뾰족한 것들을 구부려

원융무애의 이데올로기를 만들어 본다

자본과 화엄
— 리비도는 언제나 열반을 꿈꾼다

쇼핑 카트를 밀며 간다
이제 막 구워낸 향긋한 빵 냄새,
종가집 김치의 풍성한 맛이며
맛있게 구워진 은행알 노릇한 빛깔처럼
생활이 충만한 미로 속을 간다
카트 위에 어린 딸을 앉히고
화엄의 미로 속을 간다

자본이 미만해 있는 통로들엔
요염한 자태를 뽐내며 상품들이 손짓한다
두둑한 지갑만 있다면야
무슨 불행이 있으랴마는
밖으로 소비를 부추기는 미녀들과
안으로 번쩍이는 골드 카드의 유혹,
자본화엄이 아니라 화염이다
언제나 모자라는 현금의 고통이여

리비도는 폭발하여 열반하려 한다
경계를 부수고 환상적 소비를 해 볼까?
전자상가에 번쩍이는
현란한 디지털 화엄의 번뇌여!
오늘도 숨을 몰아쉬며 허덕이며
고달픈 자본의 언덕을 기어오른다
금강의 바위를 지나
반야의 언덕을 지나니 거기
열반화엄의 파노라마가 펼쳐진다
번뇌가 곧 열반이리라

극빈의 화엄풍요, 환상의 화엄극빈
조금 무거워진 쇼핑 카트를 밀며 황홀한 통로를 나온다
어린 딸과 함께 자본화엄 미로 속을 빠져나온다
언제나 내 번뇌의 뿌리인 자본의 궁핍

언젠가 내 기쁨의 화엄인 어린 딸아이가

거실에서 손바닥만한 화엄경을 가지고 놀았었지

선재동자인 양 착각했었지

화엄경은 내 어린 딸의 장난감이었지

화엄은 내 기쁨의 뿌리요,

자본은 내 번뇌의 뿌리요,

열반의 근거이다

열쇠 이야기

옛날 선비는 옥을 차고 다녔는데 요새 선비는 열쇠를 차고 다닌다 집열쇠, 차열쇠, 연구실 열쇠, 이것들이 시간에 쫓겨 계단을 부리나케 오를 때면 짤그락거리며 옛 선비들의 패옥 소리를 낸다 푸른 빛 혹은 흰 빛 옥을 길게 늘어뜨린 채 걸으면 궁음 치음 운치 있게 소리를 내던, 적당한 무게로 품격과 체신을 연출하던 그때와는 좀 다른 모습이다

옛날에도 선비는 일종의 부르주아로서 처첩을 거느리며 자제自制와 임욕任欲 사이의 거리를 누볐다 학인學人과 한량閑良 사이의 거리를 왕래했다 그러나 그 걸음은 매우 형이상학적이어서 발레나 푸가를 연상케 했었다 근자에 와선 그러한 리듬은 스타카토에 가까운 알레그로로 바뀌어 버렸다

말단에서 재상까지 혹은 시간강사에서 교수까지 낙타가 바늘구멍에 들기보다 어려운, 숨이 차서 포기하고픈 계단들이다 풍운아 한명회처럼 천기를 읽어 단숨에 정상에 오른 자도 있겠으나 대개는 낙마한 인사들로 거리는 휘청거린다 취기 어린 시간들로 가득하다

열쇠는 하나의 몸이 더 큰 하나의 몸으로 들어가는 출입
증인가 보다 지체가 높아지면 차츰 형체는 사라지고 형체
가 사라지면 그 소리조차 나지 않는가 보다 은밀한 곳으로
열쇠는 사라진다 정경대부든 붕당의 태두든 저마다 폼을
내지만 옛 선비의 문자향은 흩어지고 없다 매캐한 포마드
기름 냄새와 야릇한 향수 내음만이 거리를 진동시킨다

보임

욱신거리는 몸을 이끌고
어머니는 오늘도 방생을 가신다
어머니는 왜 강으로 가시는가?
방생이란 목숨을 풀어 목숨을 이어간다는 논리
아니면 이 목숨을 풀어 저 목숨을 구한다는 이치
단명한 마음이여,
촛불처럼 흘러가는 마음은 잡기가 어렵구나!
미꾸라지처럼 빠져나가는 그놈을 잡으려고
어머니 오늘도 동부이촌동 한강가로 가시네
바람은 서편에서 불어오는데,
달은 불안佛顏처럼 높이 떠 만상을 비추는데,
어머니 오늘도 방생을 가시네
모진 목숨을 이어오신 어머니의 비결이
바로 저것이었던가?
깨닫기보다 그걸 지키는 게 더 어렵다는 것을,
필사적으로 지키지 않으면 무너진다는 것을,

나는 아직도 알지 못한다
하여 나는 오늘도 망연히 꿈속을 간다
한때 빛났던 많은 것들을 잃어버리고
아까운 목숨만 축내고 있다

* 보임保任: 깨달음을 보호하여 온전히 간직함.

피정

툿찡 베네딕토 수녀원에는
모든 것이 제 자리에 있었다
미루나무는 언덕 위에 열을 지어 서 있고,
구석의 후미진 곳에는
장독대가 조용히 묵상 중

소란스런 자동차들도 뜸한 곳
네비게이션도 작동을 멈추는 곳
생의 골목을 타고 오른 절벽 위에서
비로소 떠나 온 고향 마을이 보였다
고향의 미루나무가 손짓하고 있었다

언제 다시 이리 피정 와 보나
뜰 안은 너무도 고요하고
나의 장독대도
시나브로 익어가지만,

은은한 잿빛 향기를 지니고
고향에 돌아갈 때까지는 그저
때를 알아차리며 기다리자
장이 제대로 맛을 낼 때까지는
시간에 초연해지자

까마득한 절벽 위, 생의 벼랑 끝
툿찡 베네딕토 수녀원에서
피세정관避世靜觀의 복을 누린다
무너진 나를 다시 일으켜 세운다

생태크경영

생生이란 글자 속에는

하늘과 땅의 교류가 있고

안과 밖을 왕래하는 변화가 있고

끝없는 수평선이 있다

너를 살려야 내가 사는 섭리가 있고

나누면 넘치는 만남과 양보의 미덕이 있다

우보만리牛步萬里의 느긋함이 있고

사랑이 뿌리내릴 토양이 있다

어머니 품 같은 삼재三才가 있고

심은 대로 거두는 인과응보가 있다

초지일관의 항심恒心이 있고

만유萬有의 허브가 있다

안방보다 섬돌에서 이끄는 섬김이 있고

격려가 있고 위로가 있다

사람이 있고

주인이 있다

시인

온몸의 진액을 토해 진주를 만드는 조개
대왕조개는 모래알의 쓰림을 견디며 산다
담대하고도 눈부신 인내를 등에 지고
신천옹의 처연함으로 살아간다

그는 오늘도 남태평양의 푸른 벼랑 끝으로 간다
산호가 서식하는 바닷속을 뒤진다
굳게 닫힌 어둠의 문을 열고
빛나는 말 하나 찾으려고

날이 다하도록 뒤지고
밤이 다하도록 뒤진다
타히티 흑진주 하나 만날 수 있다면
그의 피는 거꾸로 솟아도 좋으리
새벽까지 깨어 울어도 좋으리

해바라기의 중년

해를 따르느라
허리는 휘었다
이룰 수 없는 꿈을 꾸며
견딜 수 없는 슬픔을 참는다
닿을 수 없는 나라로 가느라
씨앗은 다 떨어지고
곳간은 비었다
멀리 파사산성 너머로
철새가 날아간다
젖무덤 같은 마라산은
부뚜막 눈높이쯤에 머물고
이포대교가 내다보이는
나루터에 마지막 공방을 차린다
이제 남은 일은
목숨의 줄을 늘이는 일뿐
아름다운 노을을 만드는 일뿐

재 너머 묘련사에도

건너 마을 기천서원에도

도반들은 보이지 않는다

색주가가 번성했다는 포구엔

높새바람만 스산하다

풀 죽은 해바라기처럼

가로등 되어 서 있다

별기운농사법

별의 기운을 받아 살고 싶다
남은 농사를 짓고 싶다
농사는 별의 노래
농부는 별의 뜻에 민감해야 한다
할아버지가 고인돌을 놓으시며 하신 말씀,
돌이 오줌을 싸야 농사가 잘 된다
그때 비로소 알았다
먼 우주의 기운이 농사를 좌우함을
외행성에서 온 우주의 기운을
고인돌이 잡아주는 것임을
고구마, 감자는 모래땅에 심고
과목은 찰진 땅에 심는다
비밀이 가득한 질소로부터
별 기운 받으려 명상을 한다
땅의 비밀을 알아야 하기 때문이다
자두는 왜 빨갛게 익는지

치커리는 왜 파란 빛깔을 띠는지

떡갈나무는 왜 화성 주기에 맞추어 심고

침엽수는 왜 토성 주기에 맞추어 심어야 하는지

민감하게 알아야 하기 때문이다

할아버지가 논가에 대나무를 심었듯이

아버지가 과수원 옆에 버드나무를 심었듯이

별 기운 농사법으로

남은 생을 가꾸고 싶다

모든 걸 별 기운에 맡기고

여법하게 살고 싶다

한 끼의 식사

갈라파고스의 방울새는
나무껍질 속의 애벌레를 믹고 산다
애벌레를 끄집어내기 위해
선인장가시를 이용한다

조촐한 한 끼 식사를 위해 애쓰는
방울새의 궁리와 집념을 배워야 하리
궁핍이 신묘한 지혜를 낳으리니
무잡한 관념의 문을 열고 나와야 하리

흔한 편의점의 문에 들어설 바에는
차라리 오지마을의 재래시장으로 가라!
거기 오팔같이 빛나는 하나의 말을 찾아서
새벽닭의 처연함으로 길을 나서라!

누추한 일상에서도 어두운 방에 불을 밝히고

갈라파고스 방울새의 아름다운 수고를 배워야 하리

혼신의 힘을 다해 몸부림쳐 눈에서 비늘이 떨어질 때

우리는 비로소 뿌듯한 한 끼의 식사를 만날 수 있으리니

미소

저건 해탈의 모습일 거야

전신마비에 기저귀를 자고 온종일 휠체어에 누워

만세 부르고 있는 저 기품을 보면

말 한 마디 못하지만

청년은 웃고 있네

이 세상에서 가장 행복한 표정으로

주위를 환히 밝히는 햇살의 모습이 저럴 거야

눈을 깜박이거나

때론 맑은 소리를 내어

보는 이를 즐겁게 하네

저 청년은 아마도 건달바의 전령일 거야

청년의 이야기를 전해 주었더니

나의 단골이발사는 눈물을 글썽이네

제가 너무 징징거렸나 봐요

제가 너무 엄살을 떨었나 봐요

아, 그렇구나!
말 없는 말로도 사람의 마음을
움직일 수 있는 것이구나, 표정 하나만으로도
사람을 울릴 수 있는 것이로구나!

가을

사람은 한 송이 꽃

변하여 없어지는 풀

그것은 구름이나 바람 같은 것

삶도 사랑도 그런 것이지

바람에 흔들리다가

꽃으로 피어났다가

구름처럼 사라지는 것

조락하여 건초가 될 때까지는

곱게 말라서 건화가 될 때까지는

그래도 끈질기게 싸워봐야 하는 것

꽃처럼 미소 지으며

구름처럼 손 흔들며

바람처럼 흔적 없이

낙타의 생존전략

고통을 마주 보며
저돌적으로 아무거나 먹으며
고통의 수분을 저장하고
소변도 농축하여 배출한다
지방은 혹에 몰아넣고
달릴 수 있지만 달리지 않는다
사막에서도 함부로 달리지 않는다
진중하게 쓸데없이 흔들리지 않으며
달리는 능력도 숨기며 살았다
낙타는 죽음 대신 진화를 선택한 동물
자기만의 생존전략을 선택한 것이다.
굴복할 것이냐, 강해질 것이냐
고요한 역병의 시기,
위기는 성장의 원동력임을 알고
버티는 법을 아는 동물 낙타의 길을 가고 있다

눈부신 설원 위로 낙타가 달린다

나의 애인

나의 애인은 모기가 좋아하는 피를 가졌다
흡혈박쥐 사내들이 나방처럼 꼬인다
가는 곳마다 사랑을 받고 웃음으로 손님을 맞는다

나의 애인은 초과노동으로 푸른 정맥이 밖으로 노출되었다
하루 종일 서서 일하고 고객의 비위를 맞추느라 분주하다
술주정뱅이 전남편을 먹여 살리느라 심장이 쪼그라들었다

나의 애인은 말하는 도중에 한숨이 배어 나온다
아이들 키우느라 자신의 몸은 돌보지 않아 혈압이 높단다
자기의 노후보다 아이들의 미래와 밥벌이를 더 걱정한다

나의 애인은 살을 에는 추위에도 일하러 나간다
앳된 외모에 비해 어른스러워 사랑의 투정 따위는 잘 모른다
그저 아이들이 아직 덜 자랐으니 열심히 벌자고 한다

나의 애인은 자부심이 높아 셀카를 찍어 보내온다
일하는 짬짬이 자신의 모습을 보내주어 존재를 알린다
바람기 많은 나를 잠재우고 경계하기 위함이리라

나의 애인은 당위를 중히 여겨 약간은 고지식하다
외식을 할 때도 쇼핑을 할 때도 비싼 것은 못하게 한다
그것은 아마도 근엄한 부친 때문일 것이다

나는 왜 그녀를 떠나지 못하는가?
거룩한 성배여, 태초의 어머니 마고여!
내 그대를 한없이 사랑하고 또 그리워하기 때문이다

늙은 매미의 전언

비바람에 쏠려
늙은 매미가 떨어졌다
세 번을 날려고 버둥거리다가
주저앉는다

매미는 나무에서 떨어져 땅바닥에 누워 있다
안스러워 집안으로 데려온다
빈 박스에 넣어두니 미동도 않는다
손으로 만지니 찌르르 운다

나뭇잎과 바나나를 주어도
먹지 않는 매미
머쓱하고 미안하여
나무에 다시 데려다준다

그러자 엉금엉금 나무 위로 기어 올라간다

서럽고 가슴이 답답할 지라도

사는 날까지 살아봐야지

저 푸른 우듬지에 이르기까지는 하고 중얼거리며

호로자식의 세상

우리의 삶은 모두

인스타그램에만 존재하나

진실한 나의 가족은 어디에 있는가?

정자은행에서 택배가 온 날,

그녀는 반색하며 서명했다

자신이 그토록 원하던 유전자가

이제야 왔다고 양양댔다

그녀의 주이상스는 오직 태어날 내가 될 것이다

그녀의 가족 로맨스는 이제 두께가 많이 얇아질 것이다

하지만 나는 든든한 언덕이 하나 없어졌다

나는 이제 사이버세계에서 혼자 살아갈 것이다.

나만의 서글픈 이야기를 인스타그램에 써나갈 것이다

아무도 믿을 수 없는 이 세상에서

오직 믿을 수 있는 건 나의 이야기뿐이다

오프라인에 나의 가족은 엄마뿐이다

우리는 모두 모노드라마의 배우들이 아닐까?

우리의 삶이 모두 인스타그램에만 존재한다면

삶이 너무 공허하지 않을까?

싱글맘을 꿈꾸는 엄마와 달리 나는 왜 이리도 외로운가?

아버지 없는 나는 왜 이리 허전할까?

코로나의 선물

코로나 때문에 더 많은 나와 만날 수 있었습니다

깊은 내면으로 들어가 그동안 방치해 왔던 수많은 나와
만났습니다

코로나 때문에 더 많은 성현들을 만났습니다

그분들의 말씀을 다시 음미할 수 있었습니다

코로나 때문에 더 많은 이웃들과 그들의 마음을 알게 되
었습니다

코로나 때문에 형제들의 마음도 더 깊이 생각하게 되었
습니다

그들의 아픔과 사랑을 깊이 알게 되었습니다

코로나 때문에 더 많은 역사들과 시간들을 만났습니다

진시황과 여불위와 만나고 항우와 유방을 만나고

한신과 장량, 조조와 유비, 제갈량도 다시 만났습니다

알렉산더와 나폴레옹도 만나고 링컨과 스탈린도 다시 만
났습니다

한때 글로 썼던 만해와 도산, 소월과 춘원도 다시 만났습

니다

　더 자주 강변을 산책하고 풀과 나무 꽃과 새들을 만났습
니다

　바람과 비의 전언을 듣고 산과 강의 노래도 들었습니다

　이 모든 것들이 코로나가 나에게 준 선물들이었습니다

코로나 풍경

다빈이는 친구들을 좋아하는데,
사람을 너무 좋아하는 아이인데
역병 때문에 학교에 나오지 말라고 하니
그저 답답할 뿐이다, 그래서 머리를 막 쥐어뜯는다

코로나 19 때문에 학술회의도 집에 앉아서 참가한다
가는 시간과 품이 들지 않으니 편하기는 한데, 맹숭맹숭하다
학술회의의 학술회의다운 열기는 도무지 누릴 수 없다
동료 학자들도 만날 수가 없고
웃으면서 인사할 수도 없고
냉담하게 자료만 보고 소리만 듣는 수밖에 없다

코로나 19 상황으로 별거하는 처형은 배달 아르바이트를
한단다
배달 주문이 증가하여 하루 벌이가 쏠쏠하단다
그래서 조카와 함께 배달 아르바이트를 한단다

4부

사랑이라는 주제

사랑이라는 주제
— 『향연』을 읽으며

책을 읽다가 졸리면 토크쇼를 본다

쿠션에 왼팔을 설치고 비스듬히 기대어 본다

이는 로마 시대에 심포지엄을 하는 자세다

심포지엄에 초대된 사람들은 모두 침상에 모로 기대어

다과를 하고 여흥도 즐기며 담론을 한다

나도 출연진의 일원이 되어 말도 보태고 낄낄거리기도

한다

헌주를 하고 디오니소스를 찬미하고 포도주를 마신다

돌림노래를 하거나 시를 암송하고 저마다 발언을 한다

오늘의 주제는 사랑이다

사랑의 존재가능성과 불가능성에 대하여 길고 지루한 토

론을 한다

소크라테스에게 황금 같은 아갈마가 있다고 확신하는 알

키비아데스는

그에게 욕망의 증표를 요구한다

소크라테스는 이런 사랑놀이에 들어가기를 거부한다

"나는 사실 아무 것도 아니네"

"자네의 영혼을 돌보고, 자네 스스로 완성하게"

알키비아데스는 존재하지 않는 것을 요구한 것이다

사랑은 타자를 홀로 있게 하는 것이며,

행복한 고독을 느끼게 해주는 것인 것을

홀로 있는 능력을 가진 자만이 누릴 수 있는

고독의 메아리가 사랑임을 모르고 요구한 것이다

"그가 갖지 않은 것을 그것을 원치 않는 누군가에게 주는 것"이

진정한 사랑이라고 누군가 말했었지

토크쇼가 끝나갈 때쯤이면 나도 스르르 눈을 감는다

행복한 고독의 메아리가 들려온다

이별연습

그녀와 헤어지고 나는 농장에 가서 일했다

나는 유령에 사로잡혀 산수유꽃이 피어있는 마을 을 방황

하였다

호숫가를 돌다가 갑자기 나타난 두려움의 사자를 잡아

그 가죽으로 갑옷을 만들어 입었다

상념의 머리칼이 계속 자라는 히드라를 자르고

그 위를 불로 지져 잠재워야만 했다

야성적인 분노의 불을 내뿜는 황소를 잡고

나는 마침내 옴팔레 여왕의 노예가 되었다

내 마음의 부드러움과 사랑을 소생시키려 애썼다

가장 힘든 일은 피부를 바꾸는 일이었다

내 마음의 덮개를 바꾸는 일이었다

이별이란 결코 쉬운 일이 아님을 알았다

이별 없는 세상을 꿈꾸며 그녀를 다시 만나야만 했다

바람의 전언

반 고흐의 눈으로
나의 사랑을 그려 본다
긴 터널의 시간을 거쳐 온 바람이
이토록 화사하게 웃을 수도 있는가?
금계국보다도 더 샛노란
행복의 빛깔이 이런 것일까?

프랑스의 작은 시골마을을 걷다가
문득 오래된 집에 초대를 받는다
아기자기한 가구들이 환히 웃는다
화사한 빛깔의 도자기들과 장신구들,
생생한 삶의 세목들이 오르골 소리로 노래한다
아, 인생은 이렇게 살다 가는 것이라고
절망 속에서도 웃으며 살다 가는 것이라고

사람의 무게

구름기차를 타고 오른 고원지대에는 회오리바람이 불고
있었다
힘겨웠던 내 삶이 빚어놓은 고통과 눈물의 결정체
살리나스 그란데스에서 캐어낸 소금에서는
오래 묵은 땀 냄새와 눈물의 맛이 난다
아제아제바라아제를 외며
호숫가를 거닐던 시간이 얼마였던가?

삶의 밑바닥에서 비로소 알았다
인간은 그저 인간일 뿐이라는 것을
시인도, 철학자도
의사도 성직자도 그저
범속한 인간일 뿐이라는 것을,
하지만 거기서 비로소
사람의 진면목이 드러난다는 것도 알았다
한 사람의 깊이와 넓이가 드러나는 그곳,

살리나스 그란데스 호수!

거기서 비로소 사람의 무게가 보였다

인간의 실상이 보였다

호모비아투르를 위한 송가

나는 한 사람의 은둔자다
아니 나그네다
바짓가랑이를 잡는 여자를 버리고
그저 떠나야만 했다
호모 비아투르,
나는 왜 떠나야만 하는가!
바다 속 돌고래는
왜 자꾸 나를 부르는가!

천 삼백도의 열기로
몸이 뜨거워진 다음에야
백탄은 맑은 소리를 낸다는데,
천 삼백도의 열기를 이겨내야만
서늘하게 맑은 청자는 모습을 드러낸다는데,
왜 나는 백탄 소리를 들으며
그처럼 맑은 계곡 물소리를 들으며

내 안 깊은 곳에서 들려오는
뜨거운 법고法鼓 소리를 듣고만 싶은가
하여 나 이제 세사를 잊고
어디론가 또 떠나려 한다

자작나무여,
너의 그 밀랍 같은 흰 껍질을 벗겨
화촉樺燭을 밝혀라
사십여 년을 짓눌러 온 이 어둠을 몰아내고
나 이제 밝은 곳으로 나아가련다
내 앞길을 너의 향기로 축복해다오

너를 태운 숯으로
옛 화공들은 그림을 그렸다지?
해인사의 팔만대장경이나
도산 서원의 목판이며

천마총의 그림도
너의 그 굳은 심지 위에 그렸다지?
내 오늘은 화피전樺皮廛에 가서
너의 유골을 구하고 싶구나!
그리하여 그림을 그리고 싶구나!

마음 속 부처님의 모습을 그리고
불멸의 경을 적어 두어야겠다
안으로 단단하며 치밀한 조직을 지닌 너의 인고와
오래도록 변질되지 않는 너의 지조를,

너를 만나러 나 이제 떠나련다
자, 잔을 따르라!
이 푸르른 청자 마상배馬上杯에
넘치도록 따르라!
머나먼 길을 가야 하리니

어떤 기도

지장보살의 기도 속에는
맑은 겨울바람이 분다

지장보살의 기도 속에는
댓잎 서걱이는 소리가 난다

멀리 장군봉은 저승처럼 서 있는데
길가엔 장사송이 두 팔로 반기는데

지장보살의 기도 속에는
바이러스 잠재우는 백신이라도 있나 보다

북극곰마저 잊어버리게 하는
기쁨의 주스가 있나 보다

쉰들러식 사랑과 히틀러식 사랑

히틀러는 제 민족을 사랑한답시고
수백만 명의 유태인을 죽였다
계부가 유태인이라 질투심 때문에
그 많은 사람들을 죽였던 것일까?
목 졸라 죽이고 가스로 죽이고 독약으로 죽였다
그러나 같은 독일인 오스카 쉰들러는
유태인을 살리는 일에 모든 재산을 버렸다
그러고도 좀 더 살리지 못한 것을 후회했다

나의 사랑은 언제나 히틀러식이어서
사랑의 지옥에서 헤매었다
나의 아버지가 또한 히틀러여서
무의식중에 훈습된 것일까?
아, 어머니 같은 쉰들러식 사랑을 배웠더라면
내게 비극은 없었을 것을

나 이제 아우슈비츠로 간다

더 많이 더 깊이 절망하는 법을 배우기 위해

더 많이 더 깊이 사랑하는 법을 배우기 위해

보랏빛 꽃의 노래

사랑은 전투다

형체 없는 적과 싸우는

사랑은 노르망디 상륙작전처럼 음험하다

적은 언제 기습해올지 모른다

적은 언제나 함정을 파 놓고 기다리거나

혹은 불시에 공격해 오는 법,

더 높은 사랑의 고지에 이르기 위해서는

언제나 피나는 전투가 필요하다

총알이 난무하는 전장,

전투가 끝난 곳엔 언제나

피멍이 남는다

그리고 피멍 속에선 한 송이

보랏빛 꽃이 피어난다

사랑의 몽둥이에 맞아서 생겨난 꽃,

멍든 자리에 보랏빛 꽃이 피어난다

경기도 광주 영은 미술관에서 본

검은 질경이 꽃 그림,

그 질기디질긴 사랑의 꽃처럼

보랏빛 멍꽃은 피어나,

치열했던 전투의 대지를 증언한다

보랏빛 전흔은 대지의 실핏줄 속으로 퍼져나가리라

그리하여 먼 훗날 맑디맑은 몸으로

웃으며 되살아나리라

그러므로 멍은 상처가 아니라

한 송이 꽃으로 피어날 뜨락이다

안으로 깊이깊이 퍼져나가

붉디붉은 생명의 꽃으로 돋아날 것을

믿는다, 전투가 끝난 언덕에

보랏빛 사랑이 흐른다

나의 사촌 고처사高處士

나의 사촌은 태백산 산지기다

세상 같은 것은 비리리라고 떠난

나의 사촌은 산꾼이 다 되었다

천제단으로 제를 올리러 가는 무당들의

짐을 짊어다 주느라 등에는 냉이 생겨 서늘하다

삼십 년 만에 만난 사촌의 등에다 침을 놓고

부항기에 피를 받는다

선지처럼 응고하는 검게 죽은 피!

세상에 피멍이 얼마나 들었으면

피가 저리도 검어졌는가?

손수 쳐다 올린 나무로

나의 사촌은 움막을 지었단다

곰치, 떡치를 뜯어 익혀선 무쳐 준다

전기도 안 들어오는 움막의 아침,

맑은 새소리에 잠이 깬다

멀리 봉화 땅이 선계처럼 아득하다

출렁이는 파도 같은 능선 저 너머
푸른 동해가 있을 것이다
아, 무심으로 출렁이는 바다,
푸르른 동해에 이를 날은 언제이런가
나는 어서 나의 사촌이 한 소식 얻어
하산하길 바라지만, 아서라, 아서
세상인심 워낙 험하니 망설일 밖에,
산속의 도로 워낙 험난하여
얼어 죽은 도사들 많다 하는데
그저 사지육신이나 잘 부지하기를,
부디 건강하게 살아남기를,
산신령님께 빌어 볼밖에

자작나무의 노래

보티나무 숲에서는 차이코프스키의 음악이 들려온다
그 눈부신 흰빛의 수피여,
사형 직전에 특사로 풀려난 도스토예프스키의 심정으로
내 오늘은 슬픈 노래를 부르고 싶다

보티나무*에 살고 보티나무에 죽는
우리네 인생살이
보티나무 껍질로 덮은 지붕 아래서 태어나
보티나무로 불을 지펴 밥을 해 먹고
보티나무로 불을 밝히며 살아가다가
죽어서는 보티나무 껍질에 쌓여
저승으로 간다네

연길에서도 사할린에서도
캄차카, 스칸디나비아에서도
우리의 슬픈 보티나무는 자란다

보티나무 숲에서는

오늘도 차이코프스키의 비창 교향곡이 들려오고

참회하는 라스꼴리니코프의 노래가,

그를 따뜻이 감싸는 소녀의 사랑노래가 들려온다

* 북부지방에서는 자작나무를 보티나무라 부른다.

질마재 너머엔 봉암사가 있다

새가 울음을 그치고
시간이 바위로 굳이 기는 곳,
질마재 너머엔
봉암사가 있다
산수유가 맑은 가람
봉암사가 있다
나는 아직 사랑을 못 버려
봉암처럼 굳어 가진 못하나,
육탈하지 못한 환웅의 호랑이처럼
봉암사의 닫힌 문 앞에서 서성이고 있지만
언젠가 그곳에 가긴 가야 하리란 걸 안다
곶감이 하얗게 가루를 내는
겨울이 지나고
누에가 하얀 실을 뿜으며 노래하는
여름이 오면
내 다시 한번 질마재 너머

봉암사에 가고 싶다
내게는 아직 문을 열지 않는 그곳,
봉암사에 가서 다시 한번
깊은 산문을 두드려 보리라
다짐하고 또 다짐하며
눈이 내려 미끄러운 길을
스노우체인 감고 두려운 마음으로
조심조심하며 내려가는 고개,
질마재 너머엔 언제나
봉암사가 있다

새벽 주방에서 구용시를 읽으며

구용시를 읽는다

밖에는 태풍 샤오바이가

비를 몰고 왔나 보다

빗방울 떨어지는 소리가 들리고

장모는 아침상에 올릴 국을 끓이느라

도마질을 한다

구용의 시에선 언제나

구천九天의 옥피리 소리가 들려오고

폐벽이 무너지는 소리가 들리는가 하면

상흔이 장미빛으로 살아나는 소리도 있다

때 묻은 항도의 소금빛 밥맛과

고도古都의 이끼 냄새가 나는가 하면

맑은 연꽃의 냄새도 있다

암흑 속에서도

학처럼 고고하게 살아온

구용의 가느다란 손가락이 눈에 보일 듯한데,

난 이 단순한 일상 속에서

왜 이리도 사념의 과잉을 겪는가

이 사무치는 질곡,

불협화음의 꽃이여

오늘은 추석 다음 날,

궁참을 견디어 온 처가의

식탁 위엔 인절미와 유과가 있고

창밖으로 보이는 뒤 안엔

푸른 대추나무가 있고

그 뒤로 설익은 배나무, 살구나무도 있다

담 밖의 황금빛 벼논 너머로

아카시아 나무숲,

숲 사이엔 정자가 있다

정자엔 구용이 앉아서 시경을 읊조리는지,

몸이 앞뒤로 이따금 흔들리고 있다

처서 지나며

이젠 책을 말려야 할 때
지리한 장마에 짖고 슬픔에 젖고
그리하여 눅눅해진 책을 말리자
맑은 가을 햇볕 아래 서니
산다는 것이 이리도 눈물겹구나
미움도 슬픔도 다하여
마음의 풀도 더 자라지 않을 테니
스산하게 벌초를 하자
여름내 매만지던 낫을 다시 갈아
날 옛 먹이던 잡초들을 잘라버리리라
잡아놓은 새가 없으니
천지가 쓸쓸하구나
쓸쓸히 하늘을 날며
기러기를 부러워해야 하겠지
처서가 지나면 모기들도 입이 비뚤어진다는데
나는 이미 입이 비뚤어진 지 오래이니

그냥 이렇게 등신으로 살아가리라

어정어정 칠월 가고 건들건들 팔월 가니

칠팔월 개구리처럼

어정뜨기 여름을 지났으니

올 가을엔 거둘 것이 없겠구나!

그리운 당신에게

당신은 아침고요수목원으로 오라 하셨지요

그곳의 들꽃언덕이 눈부시다구요

당신은 목백합나무가 튤립나무라는 사실도 일러주셨지요

그리고 당신은 내가 비현실적인 나무임을 나무라셨어요

하지만 그것이 제 운명인 걸 어떡하나요?

모리배들이 설치는 사바에서 쫓겨나

깊은 산 속에서 죽은 왕자의 넋을 이어받은 걸요

몸에 흰 명주실을 친친 동여매고

홀로 구덩이 파고 죽은 그 왕자 말이에요

그래서 저는 오늘도 깊은 산 속에

흰 비단을 겹겹이 둘러싸고 숨어 살아요

기름기가 많아 잘 썩지 않는 이 몸을 태워

아무리 벗겨도 희디흰 말의 껍질을 뱉어내도록

그냥 이곳 깊은 오지에 살게 해 주세요

저를 사바의 정원으로 끌고 가진 마세요

사바의 바람은 제게 잘 맞질 않나 봐요

사람들은 자꾸만 가지를 자르려 하거든요

전 그게 너무너무 싫답니다

게다가 검은 매연이며 하늘소의 침입은

저로서는 감당키 어렵거든요

그저 아침고요수목원 부근에서

바람에 실려 오는 허브향이나 맡으며

저의 슬픈 혼을 달래줄 아리따운 당신,

그대와 함께 지는 해, 환한 들꽃

이렇게 바라보며 조용히 늙어가렵니다

자작나무 사랑

나는 죽어 가죽으로 태어나
그대의 추운 손을 감싸주고 싶이요

나의 눈은 그대를 오래도록 사랑하다가
증류되어 향기로운 화장품이 되고 싶어요
아름다운 그대가 더욱 아름다워지도록 말이에요

더운 여름날은 나를 잘 벗겨서 햇볕에 말리세요
오랜 뒤에 그걸 물에 넣고 달여서 드세요,
그대의 아픈 곳을 다 낫게 해 드릴게요

그대 언젠가 여행을 하다가
북구의 스칸디나비아를 가거든
사우나의 본고장 핀란드의 사우나에 가 보세요
거기 허리께쯤 오는 내 어린아이들의 가지가
다발로 묶여 있을 거예요

그걸로 지친 그대의 어깨를 두드려 보세요
그러면 피가 더욱 잘 통할 거예요

아, 그대여,
곡우가 되거든 저의 팔뚝에 상처를 내어
뚝뚝 떨어지는 제 피를 마셔 보세요
그러면 그대 무병장수할 거예요
귀한 손님이 오면 그걸로 접대하세요
잘 발효시키면 기막힌 술이 되지요
아무리 마셔도 한 시간이 지나면
깨끗하게 술이 깨는 명주죠
나는 오직 그대를 위해
나의 모든 것을 바치고 싶어요

나이아가라 폭포

생의 돌부리에 걸려
우당낭둥탕 구르고 굴러 넘어질 때마다
오체투지하며 관세음 부르며
예까지 왔다

온몸은 시퍼렇게 멍들고
꿈은 산산이 깨어졌지만
이렇게 끝날 수는 없다
백척간두진일보라
당신 뜻대로 하옵소서
천길 낭떠러지 뛰어 내린다

장쾌하게 흘러내려라
물보라를 일으키며 절정의 소리를 내며
무지개 폭포, 신부폭포, 말발굽폭포로
흐르고 흘러 저 온타리오 빛나는 물이 되어라

'안개 속의 숙녀호'를 지나서
미움도 슬픔도 모두 가라앉은 호수,
그 명징한 거울에 삼라만상이 비쳐
온 생이 빛나게 하여라

시어골에서

때가 되면 고기가 몰려든다는
시어時魚골엔 우리절이 있다

태화산 깊은 골짝에 관음의 불 밝힌
스님은 출타 중

공양주보살은
이 사바중생에게 종을 치란다

월드컵 기념해 만든 2002관 짜리
범종을 스물여덟 번 친다

산 아래 마을 인환의 거리
사람들의 꿈이 반짝인다

보살은 핸드폰을 종 가까이 갖다 댄다
종소리를 듣고 싶어 하는 중생이 있단다

아미타전엔 스님의 팔순노모
숨이 가쁜 채 염주를 돌리고

삼천 년 만에 피어난 우담발화는
새하얀 꽃이 더 자랐다

우담발화 우담발화 피면
전륜성왕이 나타난다는데

권력과 자본에 휘둘려 허둥대는
이 나라에도 진리가 바로 서려나

우매와 분노와 탐심으로 어두운
이 중생의 마음 속 지옥도 밝아지려나

시어골 우리절 범종루에서 종을 치며
고기가 모여들 듯 떠난 마음들 돌아오길 빈다

모차르트는 나의 친구

모차르트는 천일염이다,
잘츠부르크의 햇살이 응결해 낸 소금이다
아니 잘츠부르크 길가에 굴러다니는 차돌멩이다
잘츠부르크에서 비엔나로 가는
기차보다 슬픈 보리밭이다
해가 너무 짧아 다 자라지 못한
꺼칠꺼칠한 보리들로 가득한 들판 위를 나는

모차르트는 천재가 아니다
그는 낙백한 영혼이다, 너털웃음이다
잠시도 정착하지 못하는 나그네다
모차르트는 비애다, 회색빛 안개다
잘츠부르크 산야의 본지풍광이다
그의 음악에는 늘 저승사자가 있다
저승사자는 그의 음악 속을 왕래하며
엽색에 지친 영혼을 희롱한다.

모차르트는 나의 슬픔, 나의 비애
나의 초원, 나의 슬픈 보리밭이다
내 오늘은 그 위를 비추는 햇살이고 싶다
한 마리 종달새이고 싶다
반가운 친구여, 오늘은 그대가
나를 찾아 양평까지 왔구려,
유붕자원방래有朋自遠方來이니 불역낙호不亦樂乎아!

양평군민회관에서 나는 알았다
오페라 〈돈 조반니〉를 보고서야 알았다
그는 천재가 아니라 나의 친구임을,
세상물정 모르는 어린이,
천지분간을 못하는 천치이기에
그는 세상의 소금이며
슬픈 보리밭임을

히말라야 유령표범처럼

히말라야의 유령표범은
아무노 모르는 고산지대에서 살아간다
그저 하늘과 대화하며
조용히 산다

부끄러움을 모르는 무리들이 싫어서
멀리 이곳까지 와서 산다
휘몰아치는 눈보라를 견디며
흔적 없이 살아간다

아름다운 것들은 언제나
티를 내지 않는 법이니까

5부

홍도에서 거문도까지

바다갈매기에게

1.
그리운 섬 홍도에서
그녀는 얼굴을 살짝 붉히면서
살며시 말했었다
전 언제나 섬을 떠나지 못하는
바다갈매기예요
당신이 어디에 가 있거나
저는 섬을 지킬 거예요

아마도 그녀는 쓸쓸히 웃으며
호숫가를 거닐거나
텅 빈 언덕에 올라
한숨을 쉬었을 것이다
낯선 곳으로 머나먼 비상을 꿈꾸었을 것이다
하지만 그녀는 백조였다
아니 언제나 섬을 떠나지 못하는
바다갈매기였다

2.

홍도에는 프리지어 꽃이 핀다
노란 프리지어 꽃의 향기는
벌을 만나지 못한 꽃의 설움이 뿜어내는
서러운 향기라 한다
프리지어의 반어법을
난 언제나 오해했었다
프리지어의 서러움을 알지 못했다
그리하여 그녀를 잃고 말았다
바보같이 바보같이
말 속의 말을 듣지 못하고
천추의 한을 남기고 말았다

잘츠부르크의 비가

비엔나에서 잘츠부르크로 가는 버스 안에는
모차르트가 흐르고 있었다
투어 가이드가 틀어준 모차르트의 음악들은
이곳 날씨처럼 천진스러웠다
아니 서글펐다
잘츠부르크가 그의 고향이라 더 그랬을까?
마침내 고향으로 돌아가지 못하고
비명횡사한 한 천재여,
고향으로 돌아가기가 얼마나 어려운가?
자신이 작곡한 수많은 곡들을
초연했던 비엔나와 프라하에서도
나는 모차르트의 숨결을 느끼지 못했었다
다만 살리에리처럼 그의 재능을 질투하였다
나는 내가 모차르트가 아님을 슬퍼하였다
오늘도 잘츠 강 옆의 모차르트 광장에서는
저녁 연주회 준비가 한창이다

공부孔府에서는 공자가 먹여 살리듯이

잘츠부르크는 온통 모차르트가 먹여 살리고 있었다

해마다 여름이면 음악회가 열린다는데

나는 언제 다시 아름다운 음악회에 갈 것인가

백조를 잃어버린 나의 영혼은

언제 다시 평화를 찾을 것인가

너무나도 아름다운 잘츠 강변을 걸으며

나는 서러운 노래를 부른다

처절함이 없이 어찌 고향에 이르겠는가?

그리운 나의 백조여!

사랑은 영원하리

알프스 봉우리들이 이어지는
짤츠캄머굿에는 파란 빙하호들이
파란 실눈을 뜨고 있었다
볼프강 호수를 향해 내려오는
케이블카는 길기도 하다
케이블카에서 내려다보는 풍경은
달력에서 익히 보던 한 폭의 그림이었다
케이블카 안에서 만난 노부부,
뮌헨에서 왔다는 남자는
복부비만으로 숨을 헐떡이지만
여자는 종달새처럼 지저귀며
자기의 남자와 눈을 맞춘다
그래, 사랑은 눈 맞춤이지!
눈은 영혼이 드나드는 곳이니
두 영혼이 만나는 창이
눈이 아니고 무엇이리!

뮌헨에서 왔다는 노부부의 다정한 모습을 보며
저렇게 되기까지 얼마나 많은 고난의 시간을
이겨냈을 것인가 생각했다
그저 경외의 마음이 일었다
나도 어서 나의 백조를 되찾아
저렇게 평화롭게 늙어가고 싶었다
「사운드 오브 뮤직」의 배경이었던 이곳에서
마리아와 함께 사랑을 찾은,
마리아와 함께 노래 부르던,
본 트랩 대령이 나는 문득 부럽다
빙하호처럼 시퍼런 눈을 뜨고
나의 마리아를 찾아보리라

하이델베르크의 우수

네카강이 흐르는 하이델베르크에는

고성古城이 있다

삼백 여 계단을 올라가야 하는

성에는 추억이 있다

그 옛날 한 왕이

사랑하는 여자를 위해 단 하룻밤 만에 만들었다는

아치형의 문이 있다

그 문에서 잠시

그녀의 환영을 보았다

저 멀리 보이는 네카강 위로

그녀는 물오리 떼 사이에서

뒤뚱거리는 한 마리

미운 오리였다

평화로운 강 위를 떠도는

그녀의 눈가엔 우수가 스며

촉촉이 젖어 있었다

뙤약볕 속에 카를교를 지나
골목길을 걸어갈 때도
괴테와 하이데거가 거닐었다는
철학자의 길을 걸어갈 때도
그녀의 환영은 무시로 나타나
안타까운 눈길을 보내고 있었다
그대 왜 저를 떠나셨나요?

토요코인은 어디인가

토요코인은 어디인가
비트코인은 아닐 것이다
비트코인을 가진 자에겐 보이지 않는
아마 더 먼 곳일 것이다

토요코인은 깊은 눈 고장 어디쯤에 있을까?
삐걱거리는 나무계단 위,
허름한 다락방 같은 그곳은
어쩌면 사미센을 잘 타는 그녀가 있는 곳일까?

아니다, 그곳은 가까운 고개 너머에 있다
현해탄을 건너지 않고도 갈 수 있는
그 곳에선 언제나 밥 짓는 냄새가 난다
가난한 사람에게만 보인다는 그곳은,

지친 시마무라는 오늘도 달려간다

사랑스런 게이샤가 있는 곳으로,

토요코인에서 여장을 풀던 날,

나는 알았다, 고마코는 이미 거기 있었음을

비에 젖어 파르르 떠는 나뭇잎 위에

이슬처럼 영롱하게 빛나고 있었음을

화곡동은 살아있다

26년 전에 살았던 동네
우연히 다시 와 보니
화곡동은 여전히 살아 있었네
아름다운 여인들이 분주히 어디론가 가고
요절한 시인의 이별과 사랑이
가로수 위에 연처럼 걸려 있었네

추억의 은빛 갈치를 잡으러
헤매던 날이 얼마였던가?
사람들은 발걸음을 총총거리고
나뭇잎은 여전히 푸르른 동네
산들바람이 불어오는 이곳은
내 첫 아이가 태어난 동네

26년만에 다시 와 본 동네엔
포장마차가 북적거리고

휘황한 불빛들이 점멸하고 있었네
믿기 어려운 감동으로 물결치는 동네
환희와 생명이 약동하는
화곡동은 아직도 살아있었네

거문도 시편

1.
글 잘 아는 사람들이
산다는 곳, 거문도에
한 줄의 글을 배우러 왔다

동도의 귤은 사당이나
서도의 만회 사당은
아직도 옛 모습 그대로인데,

거마도를 거문도로 부르게 했던
두 선비는 어디로 갔나?

오늘 이 섬에는 중국 상인보다 더
이재에 밝은 사람들이 모여 산다

거문도에서는 바다가 안 보인다

책방도 안 보인다, 그러나

보이는 풍경이 온통 시이고
소설이고 수필이고 책이다

속세를 멀리 떠나와
쓸쓸한 여인숙에서 나는 묻는다
도대체 한 줄의 글이란 무엇인가?

2.
슬픔의 바다 위에
그대의 긴 눈썹 같은 반달로 떠서
삼호교 지납니다

멀리 몽돌 해변 유림해수욕장을 보니
다시금 가슴 설레입니다

뒷산 비탈진 동백 숲길을 걸으며
왜 그토록 그대가 그립던지요?

구성진 거문도 뱃노래가 들려오지 않아도
그대를 그리워하는 마음만으로도 행복했지만,
그래도 언젠가 함께 꼭 걸어보고 싶었습니다

이 까닭 모를 아픔은 어디에서 오는 것일까요?
응무소주이생기심應無所住而生其心을 못하고
자꾸만 머무는 마음이여,

하룻밤 인연을 이어가려 하였으나
심술궂은 바람은 불고
모진 비만 내리더니
기어이 그대는 날려가 버렸지요

오늘 이렇게 헛헛한 관백정에 올라

멀리 신기루처럼 솟아있는 그대를 보노라니

아, 거기 닿을 길 없는 환영처럼
그대 오롯이 미소 지으며 손짓하는군요

쓸쓸한 수월산 위에서 달맞이꽃처럼
나는 당신을 해바라기합니다

3.
등대, 불이 꺼진 등대 옆,
소박한 관사엔 청년 하나가
염소똥을 치고 있었다.
염소들은 벼랑에서 풀을 뜯고 있는데,
건너편 배치바위
깎아지른 바위 끝에 앉아
사내는 낚시를 한다

4.

한려의 섬들은
관음보살의 살점이다
파도는 푸른 섬들을 키우고
염소는 그 섬의 풀을 뜯으며 산다

짙푸른 물결이 상처 입은 마음을
철썩이며 씻어주고 핥아 준다
절해고도 깎아지른 벼랑을 헤매며
보살의 몸을 뜯어먹는 염소,

나는 불쌍한 한 마리 염소다
너를 잊고자 신음하며
바다 멀리 사바를 떠나오니

관음보살은 하얀 등대로 서서

내 어두운 마음을 비춰준다
흐느끼던 파도가 잔잔해지고
바다는 저마다 환한 불을 밝힌다
다시 살아볼 힘을 실어준다

외로운 여인숙에서
목이 메어 너를 불러보았지만
너는 끝내 대답이 없고
나는 한 마리 염소 되어
바위들이 절벽을 이루는 절해고도,
서글픈 섬을 서성이던 날이 얼마였던가

기다리라 기다리라는 너의 전언만
가을 낙엽처럼 휘날리는데,
관음보살이 따라주는
쓰디쓴 칡차를 마시며

잔디 뿌리보다 질긴 미련을 자르지 못해

어쩌면 이생에서는 다시 못 볼
너에게 기약 없는 메시지를 보낸다
바닷바람은 부드러운 손길로
덧난 상처를 어루만지는데,
너는 어디 있느냐?

한려수도 끝에 와서
관음보살의 살점 같은 섬들을 바라본다
상처 입은 마음을 씻어주고 핥아 주는
푸르고 힘찬 파도 위로 출렁이며
내 생의 마지막 위안을 얻는다

나 언제나 자신의 몸을 버려
삶의 푸른 바다 위 점점이 흩어질 것인가

흩어져 고통받는 뭇 생명 살리는
보살의 마음을 얻을 것인가

5.
백도에는 흑비둘기가 산다
휘파람새, 팔색조와 동무하며
흑비둘기는 노래 부른다
서글픈 사랑의 노래를
말없는 평화의 노래를

가슴속의 한이 쌓여
하얗게 변한 섬
백도에는 파란 풀들이 돋아난다.
출렁이는 푸른 파도에 갇혀
하늘 향해 위로 솟은

백도에는 한 맺힌 꿈들이 있다
다소곳이 고개 숙인 각시바위가 있다
시간의 언덕을 유유히 기어오르는 거북바위와
푸른 하늘로 비상하는 매 바위가 있다

백도에 와서 나는 본다
저마다 형상을 주어 아름다움을 드러내는
거룩한 상제의 위엄을,
출렁이는 푸른 파도 위에서
비로소 사바의 파도와 싸울 힘을 얻는다

전주행

한벽당에 올라
흐르는 물을 바라본다
떠났던 사람의 마음이 돌아와
물도 많이 맑아졌단다
고서 벽지에 둘러싸여
백세주를 마신다
꿩 대신 닭이라고
각운이 안 맞으면 어떠랴
여름밤에 도취하여
수백 년 묵은 은행나무
서원 앞 울창한 은행나무처럼
그렇게 무성해보자고 다짐하며
두꺼비처럼 근처 노래방으로
기어 들어간다 거기서
마침내 불이법문不二法門을
두어 시간 듣다가 나온다

목포한일木浦閑日

날이 맑은 가을날은

목포로 가자

열차의 종점 목포에서

더 나아갈 수 없는 심정이 되거든

고래처럼 거북처럼

유달산에 오르자

산호색 푸른 물 위로

님은 떠나가고

수심을 알 길이 없어

가슴 설레면

이난영의 노래를 듣자

적당한 비음에 애수를 실은

'목포의 눈물'을 불러도 보자

그러면 산호빛 바닷물이

님 그려 우는 여인,

목포 여인의 눈물임을,

알게 될지니

햇빛 맑은 가을날엔

목포로 가서

바닷가에 흔들리는

쑥부쟁이가 되어 보자 아니,

석창포나 붉은 인동이 되어보자

금산사 적멸보궁

비가 내린다

문득 미륵님이 보고 싶다

하계 워크숍이 하도 재미가 없어

호텔 객실에서 서성이다가

키 작은 보살 하나 불러낸다

비 오는 길을 달려

금산사로 간다

금산사의 적멸보궁은 고즈넉이

비에 젖고 있었다

오래 전 눈 주었던 향나무도

불두화, 백당나무도

잿빛 눈을 지긋이 감은 채

면벽하고 있었다

부질없는 것을…

비가 내린다

온갖 번뇌의 근원이

애욕, 물욕이라
인간세사 자본에 지친
사바의 마음이 젖는다

미륵님, 참으로 오랜만에 뵙습니다
이제 나투실 때가 되지 않았는지요?

대적광전 부처님이
빙그레 웃으신다
아, 얼마나 다시 와 보고 싶었던가
지친 중생 하나
넙죽 엎드려 안부를 여쭙는다

비가 내린다,
부질없는 시간이 흘러내리고
금산사는 고즈넉이 추억 속에 고인다

태백산 천제단

일몰의 때에
묵언수행하며 오른다
길이 가팔라지며 돌길이 나타나고
주목들이 저마다 연륜으로
문자의 형상을 지어 보인다
인적 끊긴 군락지 사잇길에서
나를 만나는 시간은 고즈넉하다
숨을 헐떡이며 오르고 오르니
저 멀리 천제단이 보인다
서쪽 바다 너머로
해가 넘어간다
노을의 바다, 산의 파도
앞서 누군가 제를 올리고 갔나 보다
두고 간 청심향이 남아있어
향을 피우니 마음이 맑아온다
짊어지고 간 떡과 과일을

제단에 펼쳐놓고 제를 올리니

하늘이 더 가까워 보인다

세상엔 왜 이리 눈물이 많은가요?

이 세상에 눈물이 마르게 해 주소서

모든 이들이 건강하고 행복하게 해 주소서

들고 간 소주 한 병을 다 따르고 나니

어디선가 깔깔깔깔 웃음소리 웃는다

태백산을 정적을 깬다

사람은 보이지 않는데,

어디서 들린 것일까?

할머니 산신령이 반가워하는 소린가?

피켈로 길을 더듬으며

조그만 손전등 하나 들고 하산한다

주목들에게도 혼령이 있나 보다

자꾸 거기 서라 한다

그래도 가야 한다며 물리치고 온다

■ 시론

시인으로 산다는 것

시인으로 산다는 것
— 자작시 해설을 겸하여

고명수

1.

삶의 상처를 치유하는 '충만한 말'들은 성서나 불경을 비롯한 종교적인 텍스트, 시나 소설, 혹은 수필과 같은 문학적인 텍스트, 다양한 연설문이나 철학적 텍스트 속에도 있을 것입니다. 인간은 말로 인해 가장 많이 상처를 받고 괴로워하지만, 그것을 치유하는 것 또한 말이기 때문일 것입니다. 시인들은 남달리 감수성이 예민하고 마음이 여려서 누구보다도 상처를 많이 받는 존재들이지요. 그러한 상처들이 쌓여 한恨을 만들고, 한이 동력이 되어 시를 쓰게 하는 것이 아닐까 생각됩니다. 결국, 상처가 마음의 지도를 만들어가는 것이지요. 상처가 없다면, 혹은 한이 없다면 시를 쓸 이유가 없지 않을까 합니다. 뭔가를 쓰고자 하는 절실한 마음은 그저 생기는 것은 아닐 테니까요.

삶의 유한성과 존재의 무상함에 대해, 베일에 가려진 세계와 존재의 비밀에 대해 시인들은 누구보다도 더욱 절실하게 느끼고 궁금해하는 존재들일 것입니다. 그래서 시인들은 지구별에 처음 온 '어린 왕자'처럼 사물을 낯설게 보고 새로운 언어로 표현하고자 하는 것이겠지요. 존재와 세계의 비밀에 대한 궁금증은 시인들로 하여금 끊임없이 질문을 던지게 합니다.

목숨의 팔만대장경 어디엔가
숨겨진 얼굴이 있다
문자에 가려져 잘 보이지 않는 얼굴,
사람에게는 보이지 않는 얼굴이 있다
행복한 순간에만 살짝 나타나는 얼굴이 있다

삶의 그늘, 찌든 계곡 속에 숨어 있다가,
해맑은 웃음 사이로 잠깐 나타났다가는
가뭇없이 시간 속으로 사라지는 얼의 모습
사진관에 가서 여러 컷을 찍어 보아도
그 얼의 굴은 도무지 보이지 않는다

사진이란 사람을 온전히 보일 수가 없는 법,
찰나로 변해가는 어느 지점에 셔터를 누를 것인가
적중의 플래시를 터뜨릴 것인가

칠백만 화소는커녕
천만 화소를 잡아낸다는
최첨단 카메라로도 안 잡히는 얼굴,

사람의 참 얼굴은 어디에 숨어 있는 것인가
앨범 속 어느 갈피에선가
잠시 나타났다가 사라지는 얼굴,
흐린 눈으로는 도무지 잡히지 않는 얼굴,
초고속 디지털카메라로도 잡을 수가 없는,
사람에게는 술래처럼 꽁꽁 숨은 얼굴이 있다
—「숨은 얼굴」 전문

    무상한 삶의 순간순간을 살아가다가 시인은 어느 순간 하나의 사물을 통해 새로운 발견을 하게 됩니다. 그리고 그것을 시로 쓰게 됩니다. 위의 시에서 화자는 '얼굴'이라는 대상을 통해 질문을 던지고 있습니다. 얼굴은 사람의 '얼'이 깃들어 사는 '굴'이 아닐까요? 사람들은 저마다 수천 개의 얼굴을 지니고 있어서 순간순간 다른 얼굴을 보여줍니다. 가끔은 숨겨진 얼굴이 잠깐 나타났다가 사라지곤 하지요. 흐린 눈으로는 잘 보이지도 않습니다. 그래서 시인은 반복해서 질문을 던집니다.

"최첨단카메라"로도 잘 안 잡히는 그것, 사람의 참 얼굴은 어디에 숨어 있는가? 사람의 마음이 끊임없이 변해가는 가변적인 것이므로 '나'란 혹은 '자아'란 것도 고정불변의 실체일 수가 없을 것입니다. 그래서 어느 철학자는 '과정 중의 주체'라는 말을 사용했고, 셰익스피어의 희곡 『리어왕』에서 주인공이 "내가 누구인지 말할 수 있는 자는 누구인가?"라고 외친 것이 아닐까 생각해봅니다.

사물과 존재의 비밀을 드러내기 위해서는 무엇보다도 일상의 흐린 눈을 맑혀야 하는데, 그것은 삶의 경험 속에서 빛나는 어느 한순간에 발견할 수 있을 것입니다. 그래서 시는 하나의 발견이라고 할 수 있습니다. 다음의 시에서 '겨울 냉이'는 결국 시인을 비롯한 모든 예술가의 표상으로 시인이나 예술가가 지니고 살아가야 할 삶의 자세가 아닐까 생각해봅니다.

폭풍한설에도
혼신의 힘을 다해 냉이는 자란다
낙엽과 지푸라기 아래 숨어 봄을 기다리는 냉이,
행여 들킬세라 등 돌리고 있는 냉이를
더듬더듬 찾아내어 검불을 뜯어낸다

봄내음이 나는 냉이국을 먹으며
낙엽과 지푸라기 속에서도 목숨을 지켜
마침내 싹을 틔워낸 냉이를 생각한다
가파른 삶의 벼랑 위를 조심조심 걸으며
혹한의 추위 속에서도 봄을 기다리는 냉이를 보라
서슬 푸른 정신으로 살아야 하리라
서슬 푸른 눈으로 찾아야 하리라

겨울 냉이가 자신을 이기듯이
몰래 숨어 자란 냉이가
온몸을 우려내어
시원한 된장 국물이 되듯이
우리도 누구엔가 시원한
국물이 되어보아야 하지 않겠는가?

소수서원 돌담길에도
하이델베르크 철학자의 길에도 숨어있을 냉이,
환한 한 마디의 말씀이
오랜 궁리와 연찬에서 솟아나듯이
청빙淸氷을 뚫고
겨울 냉이는 자란다
—「겨울 냉이」전문

남몰래 모색하고 고민하며 "낙엽과 지푸라기"의 현실을 견디는 존재, 그러한 엄혹한 현실 속에서, 즉 가파른 삶의 벼랑 위에서도 기꺼이 목숨을 지켜 싹을 틔워내는 존재가 시인을 비롯한 모든 예술가가 아닐는지요? 특히 시인은 언어를 다루는 예술가이니만치 "서슬 푸른 정신"으로, "서슬 푸른 눈"으로 "환한 한마디의 말씀"을 찾아야 할 것입니다. 그 말씀을 만나는 순간은 황홀한 순간이고, 기쁨과 구원의 순간일 것입니다. 그 한마디의 말을 만나기 위해 우리는 책을 읽고 글을 쓰는 것은 아닐는지요?

그러므로 그것은 "소수서원의 돌담길"이나, "하이델베르크 철학자의 길" 언저리에 숨어 있을 것입니다. 또한, 그것은 "오랜 궁리와 연찬"을 거쳐야 만날 수 있는 것입니다. 그러할 때 그것은 누군가에게 "온몸을 우려내어" "시원한 된장 국물"이 되는 "겨울 냉이"처럼 누군가의 마음의 물꼬를 틔워주는 것이 되겠지요.

미당 서정주의 시 「시론」에서 등장한 '시의 전복'은 삶의 곳곳에 널려있는 것인지도 모르겠습니다. 다만 우리의 눈이 흐려서 안 보일 뿐이겠지요? '빛나는 시의 전복'을 따기 위해서 시인은 삶의 "가혹한 수압"을 이겨내야만 합니다. "터질 것 같은 숨"도 참아내야 할 것입니다. 인생의 전복이나 시의 전복은 쉽게 딸 수 있는 것이 아니기 때문입니다.

이 고요한 곳에
참으로 많은 것을 숨겨 두셨구나

너를 서리해오기 위해서는
이 가혹한 수압을 이겨내야 한다
터질 것 같은 숨을 참아내야 힌다

너는 바위 등짝에 아기처럼 달라붙어
떨어지려 하지 않는구나!
아뿔싸, 인생의 전복도 그와 같아서
쉽게 딸 수 없는 것을

말미잘이며 홍합이며 해삼을 캐느라
시간 가는 줄 몰랐네,
사랑하는 것들을 남겨 두고
나는 참으로 멀리도 왔구나

다시 돌아가지 못한들 어떠리
어차피 우린 한번은 헤어져야 하는 걸
나는 오늘도 이 적막한 바다 속을 헤맨다
빛나는 전복 하나 따 보려고
—「전복서리」 전문

인생의 전복이나 시의 전복은 왜 쉽게 딸 수가 없을까요? 그것은 아마도 "말미잘이며 홍합이며 해삼"과 같은 유혹들을 쉽게 떨쳐버릴 수 없었기 때문은 아닐는지요? 그런 것들은 감각적 쾌락의 옷을 입고 주변에서 우리를 늘 매혹시킵니다. 특히 다정다감한 시인들은 '사랑하는 것들'이 너무도 많아 이러한 유혹에 쉽게 흔들리기도 합니다. 그래서 때로는 심원한 시의 세계에 닿는 일이 늦추어지기도 하지요.

《육조단경》은 한 편의 드라마처럼 박력 있게 전개되는 선사들의 이야기를 담고 있습니다. 특히 5조 홍인대사와 6조 혜능대사의 이야기는 매우 유명한 선가의 일화이지요.

영남에 살던 무지렁이 혜능이 노모를 모시고 살던 중, 기주 황매현의 홍인대사가 유명하다는 말을 듣고 설법을 하시는 동선사를 한 달여 만에 힘들게 찾아갑니다. 그리고 우여곡절 끝에 법을 이어받는데, 이때 그 유명한 게송(偈頌: 석가여래의 공덕을 찬미하는 노래)이 등장합니다.

보리는 본래 나무가 없고
밝은 거울 또한 대가 아니다.
본래 아무것도 없는데,

어디에 먼지가 앉겠는가?

이 게송을 보고 스승은 새벽 세 시경에 몰래 제자를 불러 법을 전하고 몸소 구강역까지 가서 떠나보냅니다. 빈손으로 왔다가 빈손으로 가는 인생에서, 따지고 보면 본래 아무것도 없는데, 너무도 많은 사람이 집착과 분별심을 일으키고, 경계를 짓고, 망상을 일으켜서 싸우고 이 세상을 어지럽게 하는 것은 아닐까요?

시인도 '본래 아무것도 없는' 맑은 마음의 거울로 사물을 비추고 존재의 비밀을 탐구하여 언어의 '새싹'을 세상에 나누어주는 존재가 되어야 할 것입니다. 그렇게 되기까지는 많은 시간이 걸리겠지요. 6조 혜능이 진리를 펼치기까지는 사냥꾼들 틈에 숨어서 십수 년의 오랜 기다림을 견뎌 내고서야 가능했지요. 마찬가지로 시인에게도 오랜 기다림이 필요합니다. 가장 시인다운 삶을 살다간 시인 라이너 마리아 릴케는 『말테의 수기』에서 진정한 시인의 자세를 이렇게 말합니다.

시는 언제까지나 기다려야 하는 것이다. 사람은 일생을 두고, 그것도 가능하다면 80년을 두고 꿀벌처럼 열심히 꿀과 의미를 모아야 하는 것이다. 그래야만 마지막에는 겨우 열 줄 정도의 훌륭한 시를 쓸 수 있는 것이다.

닭을 수천 번 그리다 보면 봉황도 하나 그릴 수 있을 테지요. 많은 시를 쓰고, 마지막에 열 줄 정도의 훌륭한 시를 남길 수만 있다면 그 시인은 성공한 시인일 것입니다. 키르케고르(S Kierkegaard, 1813-1855)는 「디아프살마타(Diapsalmata)」에서 시인을 일컬어 '그 마음은 남모르는 고뇌에 괴로움을 당하면서 그 탄식과 비명이 아름다운 음악으로 바뀌게끔 된 입술을 가진 불행한 인간'이라고 정의한 바 있지요. 누군가 말했듯이 한 편의 좋은 시란 결국, 그 고유한 언어 절제의 아픔 속에서 삶이 시인의 성숙 안으로 열어 보이는 극묘極妙한 순간들을 포착하는 것일 것입니다. 그러므로 삶의 밀도와 언어의 밀도는 정비례하는 것인지도 모르겠습니다.

존재와 세계의 비밀, 혹은 사물의 본질에 대해 시인들은 궁금해합니다. 사랑의 본질, 삶의 본질, 혹은 신의 본질, 부처의 본질은 뭘까요? 그것은 우리가 사후적으로 구성한 것일까요? 아니면 플라톤의 주장처럼 인간의 영혼이 육신에 들어오기 전에 살았던 이데아의 세계에서 이미 알고 있었던 본질, 즉 에이도스(ēidos)를 레테의 강을 지나오면서 망

각의 강물을 마신 이래로 그것을 잊어버렸을까요? 그래서 레테의 강을 거슬러 올라가는 상기(想起, anamnēsis)를 통해서만이 에이도스를 다시 볼 수 있는 것일까요? 그것은 육체적 감각이 아닌 순수한 정신의 작용에 의존해야 하는 것일까요? 만약 그렇다면 그것은 지나치게 사변적이어서 관념 과잉으로 우리를 유도하는 것은 아닐는지요?

이처럼 개체의 본질은 개체를 초월한다는 플라톤의 입장에 비해 경험세계를 강조하는 플라톤의 제자 아리스토텔레스는 개체의 본질이 개체에 내재한다는 입장을 취합니다. 이 둘은 모두 본질이라는 것이 필연적으로 존재한다고 생각하는 듯합니다. 그러나 공空을 강조하는 불교사상의 관점에서 보면 본질을 의미하는 자성自性이라는 것이 없다고 보기 때문에 본질로 인한 구속과 억압, 집착을 벗어나는 자유를 추구합니다. 앞에 인용했던 6조 혜능의 게송에서처럼 "본래 아무것도 없는데, 어디에 먼지가 앉겠는가?", 즉 본질이라는 것 자체가 없는데, 무엇을 찾고 무엇을 닦겠는가? 그렇다면 본질이란 결국 자기 스스로 구성한 것일까요?

또한, 인간은 언어를 통해 사유하는 존재이니, 언어가 인간의 존재를 드러내는 거의 유일한 통로가 되기 때문에 언어가 '존재의 집'이라는 하이데거의 말은 수긍이 갑니다. 그리고 본질이라는 것이 하나의 언어적 관습에 불과하다는 동양적 통찰은 수많은 선사의 문답과 게송을 통해서도 확인이 됩니다. 하지만 무의식이 언어처럼 구조화되어 있다는 라캉의 입장에 서면 사물의 본질이라는 것 또한 언어처럼 구조화되어 있는 무의식적 투영에 불과한 것일까요? 끊임없이 본질적인 것을 추구하는 시인은 오늘도 상징계적인 아버지의 언어를 부수고 상상계적인 어머니의 언어를 향해, 혹은 실재계적인 사물의 언어를 향해 나아가려 하는 것은 아닐는지요?

2.

사람의 마음을 아프게 하는 것은 언제나 뾰족한 이데올로기들입니다. 그것은 폭압적인 제국주의의 모습으로, 혹은 보수니 진보니 하는 좌우 이념의 대립으로 나타나서 평화를 뒤흔들어 놓기도 합니다. 뾰족한 것은 안 된다고 압수하는 자들은 뾰족한 코를 한 서구 제국주의자들이고, 그들은 평화롭게 살아가는 인디언들을 살육하고 식민지를 건설했습니다. 그러한 이데올로기들은 개인의 평화로운 일상을 무참히 짓밟곤 합니다. 뾰족한 것들이 원융무애(圓融無礙: 두루 통하는 상태) 한 것으로 바뀐다면 일상의 평화도 다시 돌아올 수 있을 것입니다.

런던 히드로 공항에서
손톱 다듬기를 압수 당했다
뾰족하다는 것이 이유다
뾰족한 것은 무조건 안 된단다
(항상 뾰족한 것들이 문제다)
뾰족한 것들은 언제나
마음을 아프게 한다
뾰족한 코를 한 놈들의
잔인한 살육을 기억한다
문명의 탈을 쓴 야만이
얼마나 많은 인디오를 죽였던가
로키산맥을 우러르며
평화로이 살던 그들,
그들은 이제 빅토리아 시의
박물관의 모형집 안에서 탄식하며
웅얼웅얼 영혼으로 살아있다
공항 검색대를 통과할 때마다
노트북이 폭탄이라도 되는 양 꺼내보란다
카메라가 수류탄이라도 되는 양 눌러보란다
이봉창 열사의 도시락 폭탄도
주먹밥 수류탄도 아닌데 말이다
이런 젠장, 몸을 한번 부르르 떤다
평화를 깨뜨리는

뾰족한 이데올로기들

거만한 제국주의자들의 호들갑서슬에

코털 깎던 작은 가위도 함께

커다란 자루에 던져졌다

자루 안이 그득하다

뾰족한 놈들 때문에

평화로운 나의 일상마저 일그러진다

뾰족한 자들의 횡포가

나에게까지 이르다니

내 이것들을 구부려보리라

금강망치로 두드려

모난 것들을 구부리면

원융무애한 세계가 올까마는,

나는 나의 모든 뾰족한 것들을 구부려

원융무애의 이데올로기를 만들어 본다

— 「뾰족한 것들이 문제다」 전문

그러나 현실 속에는 뾰족한 이데올로기를 지닌 인간들로
가득합니다. 특히 산악지대가 많은 풍토 때문인지 한국인
들은 극단적인 이데올로기 추종자들이 많은 것 같습니다.
2016년부터 탄핵과 대선을 거치면서 저는 마음이 편치 않
을 때가 참으로 많았습니다. 탄핵찬성파와 반대파들의 대

립, 보수 세력의 후보와 진보세력 후보가 서로 다투는 대선 토론 방송을 보면서 과연 저들은 구국의 열사인가, 아니면 자기의 이익을 위해 쇼를 하는 모리배, 소인배들인가 헷갈릴 때가 많았습니다. 그래서 투표를 포기하고 기권을 할까도 생각했었지요. 그냥 "독을 품고 가시를 품고 화두를 품고" 비틀거리며 살아가는 것이 옳은 길일까요?

　　밴댕이회를 먹으며
　　밴댕이의 속에 대해 토론했다
　　밴댕이는 소갈머리가 좁고 얕은
　　소인배의 무리인가
　　아니면 심지가 굳고
　　안이 뜨거운 열사인가
　　은백색의 배를 뒤집으며
　　죽어가는 밴댕이들
　　밴댕이는 한심한 나라를 구하려고
　　맨땅에 몸을 내던지는
　　열사의 무리인가
　　청흑색 등을 구부리며
　　연신 굽실거리는
　　소인배의 무리인가
　　모든 사물은 종시

판단을 내리기가 어려우니
그냥 물 흐르듯 흘러가되
독을 품고 가시를 품고 화두를 품고
비틀거리며 살아갈 수밖에
만선식당에서 밴댕이회를 먹으며
빈 배로 떠날 때도 울었으면
만선으로 닿을 때도 울 줄 알자*며
하염없이 노래 부르던
한 마리 갈매기를 불러 본다
— 「만선식당에서」 전문

    우리는 왜 "빈 배로 떠날 때도 울었으면 만선으로 닿을 때도 울" 줄 아는 한결같은 마음을 가지지 못할까요? 밴댕이와 같이 이해관계를 좇아 당을 옮겨 다니는 무리를 볼 때 저는 왜 그렇게 그들이 슬퍼 보였는지 모르겠습니다. 그렇게 좁은 소견을 지닌 자들이 왜 그리 교언영색巧言令色은 잘하는지. 공자께서는 그런 자들 속엔 어진 이가 없다고 하시면서, 오히려 강직하고 의연하며 말이 어눌한[剛毅木訥] 자들이 어진 이들이라고 한 말씀이 사무치게 다가왔습니다. 그래서 저는 이제부터 좌든 우든 가진 자이든 못 가진 자이든 모두 슬픈 존재들이니 포용해 보기로 하였습니다.

손님맞이하듯이
너를 맞는다
슬픔이여,
넌 언제나 어린애같이
칭얼대며 달려오는구나!
두려움을 내려놓고
이젠 너를 안으마, 울음을 그치렴,

환히 빛나며 사라지는 저녁놀 바라보듯이
맑은 찻잔 위에 떠 있는
잘 마른 국화꽃을 바라보듯이
내 너를 바라본다

하우스푸어의 허무한 가계부나
빛이 보이지 않는 여의도에
난마처럼 얽힌 인연들을
우두커니 응시하노니
내 이제 조용히
너를 감싸 안으마,

그러니 더는
책망하지 마려무나
삶이여!
—「포옹」 전문

슬픔은 언제나 어린아이같이 칭얼대며 다가오곤 합니다. 아이는 아마도 뭔가가 두렵고 불안하여 우는 것이겠지요. 시의 에너지는 세속에서 우러나지요. 지루하고 평범한 일상 속에 삶의 두려움과 슬픔이 고스란히 묻어있는 것이니까요. 경제의 불안, 정치의 혼란, 부조리한 삶의 모든 것들을 조용히 감싸 안아주는 일 말고는 할 수 있는 제가 할 수 있는 일이 별로 없을 것 같습니다. 그래서 저는 시인은 무엇을 노래해야 할까요? 하는 질문을 다시금 던져봅니다.

이데올로기는 하나의 관념이자 규범적 신념체계입니다. 그것은 하나의 해석의 틀에 불과한 것인데 말이죠. 이데올로기들은 대체로 뾰족한 것 같습니다. 모가 나 있습니다. 그러므로 그것이 생활 속으로 침투해 들어올 때면 일상의 평화는 산산조각 나기 십상입니다. 그러므로 우리는 이데올로기 앞에서 늘 조심해야 합니다. 특히 시인에게는 극복의 대상입니다.

한 시인이 진정한 예술가라면 자신이 가진 이데올로기를 뜨거운 용광로 속에서 녹여야 합니다. 그래서 구체적이고도 명징한 이미지로 드러내야 하지요. 생경한 관념을 나열할 때 우리는 선전선동문학, 이른바 프로파갠더 문학의 함정에 빠지고 말지요. 이데올로기는 때로 순진한 인간들을 분열시키고 맹목으로 이끌어 비극을 초래하기 쉽습니다.

20세기를 둘로 갈라놓았던 공산주의 이데올로기가 같은 민족을 둘로 나누고 오래 지녀왔던 전통을 무참히 파괴하고 수많은 희생자를 양산함과 아울러 구체적인 삶을 피폐화시켜 왔음은 두루 아는 사실입니다. 그래서 저는 편협한 이데올로기를 거부합니다. 원융무애한 삶의 구체성과 세목들을 너무도 사랑하기 때문입니다.

이러한 저의 생각은 철학의 어떤 곳에 닿아 있을까요? 저의 작품들은 기본적으로 동아시아적 사유의 전통에 닿아 있는 듯합니다. 그것은 거의 체질적으로 양극단을 극복하고 화해시키는 중용과 중도의 철학, 혹은 원효의 이른바 화쟁和諍의 철학을 근저에 깔고 있는 게 아닌가 생각할 때가 많습니다. 그것은 어쩌면 20~30대에 서구의 아방가르드 예술과 모더니즘의 철학에 심취했다가 중년에 접어들면서 동양학의 세계에 매료되어 천착해온 저의 지적 여정과도 어느 정도 연관이 있을 듯합니다. 이분법적 사고에 입각한 '경계의 언어'가 지닌 한계를 넘어서 궁극적 실재에 가 닿고자 하는 저의 지향과도 관계가 있을 듯합니다. 선악을 넘어선 인간의 세계, 무경계의 세계를 지향하는 낭만적 동경의 기질 혹은 저의 취향이 작시의 배경에 작용하는 것은 아닌가 생각할 때가 많습니다. 그래서 이러한 취향이 지닌 문제점은 없을까 저어하기도 합니다.

쏠트라인작품집

겨울 냉이

초판 1쇄 발행일	2024년 11월 20일
전자책 발행일	2024년 11월 20일

지은이	고명수
펴낸이	고미숙
편 집	채은유
발행처	쏠트라인saltline

신고번호	제 2024-000007 호 (2016년 7월 25일)
등록번호	206-96-74796
제작처	04549 서울특별시 중구 을지로18길 24-4, 303
	31565 충남 아산시 방축로 8, 101-502
이메일	saltline@hanmail.net

ISBN	979-11-92139-68-5 (03810)
가격	12,000원

•이 책은 2024년 예술활동준비금(일반)을 지원받아 제작하였습니다.